Frank Stieper

Der LAN-CLAN – CODEPIRATES

In der Reihe LAN-CLAN
sind erschienen:

RTB 54814
ROBOSPIDER

RTB 54815
HIGHTECH-HOUSE

RTB 54816
VIRTUALITY

RTB 54817
CODEPIRATES

Frank Stieper

DER LAN.CLAN

CODEPIRATES

Angriff der Datenpiraten

Band 4

Mit Illustrationen
von Michael Pleesz

Ravensburger Buchverlag

Originalausgabe
als Ravensburger Taschenbuch
Band 54817
erschienen 2008

Innenillustrationen: Michael Pleesz
Umschlaggestaltung: Dirk Lieb
unter Verwendung einer Illustration
von Michael Pleesz
Lektorat: Claudia Scharf

Die in diesem Band verwendete
Graffiti-Schrift ist Freeware
von www.myfont.de

Printed in Germany

1 2 3 4 5 12 11 10 09 08

ISBN 978-3-473-54817-0

www.ravensburger.de

Inhalt

26. MAI 2017, 13:24 Uhr,
BERLIN – BEI DIR ZUHAUSE

Mit einem Knall landet dein Teller mit der extra scharfen Salamipizza auf dem Wohnzimmertisch. Laut und deutlich rufst du „TV!“ in den Raum hinein. Auf deinen Befehl hin springt der Plasmafernseher an der Wand an. Voller Vorfreude lässt du dich aufs Sofa plumpsen und fügst hinzu: „Mission Combat, Folge … ähm … ‚Alienwinter‘. Und Vorspann weglassen!“

Ein Blick auf das Temperaturdisplay auf deinem Teller verrät dir, dass die Pizza noch viel zu heiß ist. Kurz darauf getippt und die Kühlung ist aktiviert. Jetzt kann’s losgehen. Die vertraute Titelmusik klingt noch aus und gebannt verfolgst du die actiongeladene Einstiegsszene deiner absoluten Nummer-Eins-Serie.

Es piepst: Dein Essen ist auf Speisetemperatur heruntergekühlt. Wie das duftet! Hungrig balancierst du das erste Achtel der Pizza zum Mund.

Käsefäden hängen bis runter zum Teller. Tomatensoße kleckert dir übers Kinn. Es gibt nichts Besseres gegen Schulstress: die Lieblingsserie für müde Augen, die Lieblingspizza für knurrende Mägen. Schnell hast du dir dein Mittagessen einverleibt – und klopfst dir zufrieden auf den Bauch.

Das Lasergefecht zwischen Actionheld und Aliens nähert sich seinem Höhepunkt, als du einer plötzlichen Eingebung folgst und laut rufst; „Änderung!“ Das Duell hast du schon zu oft gesehen, Zeit für etwas Abwechslung. „Aliens gewinnen Kampf!“ Diese Variante hast du bisher ausgeklammert: Dein Held verliert schließlich nie. Und da du diese Folge mittlerweile im Schlaf mitplappern kannst, gönnst du dir den Spaß. Doch plötzlich flimmert das Bild. Im nächsten Augenblick flammt ein schreiend gelbes Graffiti auf einem lila Grund auf: *Codepirates! Take what you want!*

Du verdrehst die Augen. „Nicht schon wieder!“

Das ist bereits das vierte Mal diese Woche. Sie haben dich beim Surfen gestört, haben dich aus deinem Online-Spiel herausgeschmissen, haben auf deinem *Space* peinliche Fotos eingespielt und jetzt lassen sie dich nicht mal fernsehen! Irgendwelche Spaßvögel, die sich Codepirates nennen, klinken sich ins Programm ein und bringen alles durcheinander. Die Berliner Zeitungen berichten seit Tagen von nichts anderem mehr. „Stopp!“, befiehlst du dem Apparat.

Doch er ignoriert dich. Das hast du schon befürchtet. Dann nennt ein amateurhafter Vorspann Fantasienamen. Ein Hip-Hop-Lied groovt in ohrenbetäubender Lautstärke los. Drei Chaoten, vermummt hinter Sturmhauben und Kapuzenshirts, hampeln wie betrunkene Schimpansen zum Rhythmus der Musik und lachen sich kaputt. Vor Wut lässt du einen Schrei los. Es ist immer das Gleiche: Kaum hast du es dir gemütlich gemacht, tauchen diese Freaks auf und verderben dir deinen Tag. So kann das nicht weitergehen. Dir reicht's.

„Kontakt herstellen.“ Doch auch diese Ansage bleibt unbeachtet im Raum hängen. „TV aus!“, fauchst du. Vergebens. Unbeirrt wummert die fette Bassdrum weiter durchs ganze Haus.

Wutschnaubend rennst du die Treppe hoch, stürmst in dein Zimmer und setzt dich auf die Bettkante. Die Sonne blendet dich. Der Bewegungssensor wird aktiv und lässt die Jalousien automatisch herunterrauschen.

„Kontakt zu Tec herstellen!“

Der kleine Monitor an der Wand leuchtet auf

und eure LAN-Clan-Zentrale erscheint. Du atmest auf. Wenigstens dein Mini-Plasma gehorcht dir noch.

„Hi“, begrüßt dich Tec. „Was gibt's?“

„Diese ... diese ... Idioten“, schnaufst du. Vor lauter Wut kannst du kaum sprechen. „Ich sag dir, wenn die nicht aufhören, dann ...“

„Lass mich raten“, unterbricht dich dein Freund. „Spielt euer Plasma auch verrückt?“ Er zeigt hinter sich. „Hör mal!“

Kein Zweifel, da ertönt der gleiche durchdringende Bassrhythmus wie in deinem Haus.

„Ätzend, oder? Und zieh dir das mal rein: Hab mir gestern ein cooles Comic ersteigert und plötzlich war da dieses Graffiti auf dem Schirm. Ich hab mir zunächst nicht groß was dabei gedacht. Weißt du, wohin das Heft jetzt verschickt wurde? Nach Sibirien! Ich könnte echt ...“

„Wir müssen was dagegen tun“, platzt du dazwischen. „Das ist doch nicht mehr lustig. Wir sind der LAN-Clan. Wir können herausbekommen, wer dahintersteckt. Anscheinend kümmert sich kein Mensch um diese Freaks. Sonst wäre das heute nicht schon wieder passiert.“

Tec überlegt. „Na, meinetwegen, hast Recht. Ich setze mich mit Silent in Verbindung. Wenn wir beide uns schon mal einig sind, ist sie bestimmt auch dabei. Treffen wir uns …“, Tec sieht zur Uhr, „… in einer halben Stunde im *Kollhoff-Tower*. Dann hat Silent genügend Zeit, in Erfahrung zu bringen, was der Bürgermeister von der Idee hält. Bis dann.“ Das Monitorbild erlischt. Zufrieden lässt du dich rücklings aufs Bett fallen.

26. MAI 2017, 14:06 Uhr, KOLLHOFF-TOWER

„Das war so peinlich.“ Silent schüttelt fassungslos den Kopf. „Die Tussi aus meiner Lerngruppe dachte allen Ernstes, dass ich heimlich Volksmusik höre, als sie in mein Zimmer kam. Das wird sie am Montag in der ganzen Schule verbreiten, darauf könnt ihr Gift nehmen. In Wirklichkeit hatte ich gerade ein bisschen gechattet. Zack, war der Chatroom futsch. Ein schreiend gelbes Graffiti-Logo leuchtete auf und dann waren die Blasmusiker da. Ich bin fast ausgeflippt. Sie haben hin und her geschunkelt mit ihren beknackten Lederhosen und wie unter Drogen durch die Gegend gegrinst. Und der Plasma hat auf meine Befehle überhaupt nicht reagiert.“ Silent steckt sich einen Kaugummi in den Mund. „Höchste Zeit, dass wir was unternehmen. Der Bürgermeister war zum Glück sofort einverstanden damit. Er war nämlich selbst auch schon einige Male von den Störungen betroffen. Er hat es zwar den Betreibern gemeldet, aber die haben gesagt, das sei Sache der Polizei. Die wiederum haben gerade genug um die Ohren mit der Vorbereitung auf diesen Nato-Gipfel nächste Woche. Da sind die Codepirates ihr geringstes Problem."

Tec legt seine Hand auf deine Schulter: „Und darum werden wir uns jetzt um sie kümmern. Wir haben das Okay vom Bürgermeister und vom Polizeipräsidenten höchstpersönlich."

Silent zeigt auf ihr Notebook. „Die Polizei hat uns einen Namen genannt: Dogmaster. Er wurde auf einem der Videos identifiziert."

Sieh hinten im Buch unter der Überschrift „Berliner Graffiti-Sprayer" nach. Kreise die Zahl dahinter ein.
Immer, wenn du ein Graffiti nicht entziffern kannst, hilft dir das „Schrift-Alphabet der Codepirates" hinten im Buch weiter.

„Dogmaster“, fährt Silent fort, „ist in der Graffiti-Szene ein sehr bekannter Sprayer. Für ihn ist jede kahle Wand öffentliches Eigentum. Er besprüht unter anderem Brückenpfeiler, U-Bahn-Waggons, Schächte – die üblichen Ziele halt. Dogmaster wurde schon zweimal von der Polizei erwischt und zu Sozialdienst verdonnert. Wobei ich ja zugeben muss, dass er künstlerisch einiges draufhat …“

„Ich finde sein *Tag* auch ganz cool“, unterbrichst du Tec. „Mir ist es auch ziemlich egal, ob jemand in seiner Freizeit Wände vollsprüht oder Wollsocken strickt. Aber ich hab was dagegen, wenn jemand darüber entscheiden will, was *ich* in meiner Freizeit mache. Wenn ich im Internet surfe, will ich im Internet surfen. So einfach ist das. Also weiter: Was muss ich noch wissen?“

Tec ist sichtlich überrascht, wie sauer du bist. Schnell fährt er fort: „Die Codepirates haben in den Störvideos immer die gleichen Kapuzenpullis an, im Hintergrund dudelt Hip-Hop und dann gibt es natürlich ihr schreiend gelbes Graffiti. Lässt sich schwer lesen auf ihrem Logo.“

Silent reicht dir einen Zettel. „Schau mal, das ist Dogmasters Adresse. Hab sie von der Polizei. Sie hatte geplant, ihn zu *observieren.*“ Sie zeigt auf den Monitor. „Hier hab ich eine Liste aller stadtbekannten Sprayer. Ich vermute, dass sämtliche Codepirates aus der Graffiti-Ecke kommen. Das grenzt unsere Suche nach den Mitgliedern schon mal ein ganzes Stück ein."

Du runzelst skeptisch die Stirn. „Suche nach den Mitgliedern?"

„Ja", erklärt Tec. „Die Polizei hat uns gebeten, nicht nur die technische Schaltzentrale lahmzulegen, die für die Störungen verantwortlich ist, sondern auch herauszubekommen, wer hinter alledem steckt."

„Und wie wollen wir vorgehen?", hakst du neugierig nach.

Tec lehnt sich zurück und antwortet: „Ganz einfach. Du brichst in Dogmasters Wohnung ein und zapfst seinen Computer an. Das heißt, du kopierst den gesamten Inhalt seiner Festplatte auf diesen *USB*-Stick." Tec gibt dir den kleinen silbernen Stift. „Ist genügend Speicherplatz drauf. Anschließend durchforste ich die Dateien nach neuen Hinweisen."

„Ich soll also einbrechen?" Du ziehst die Augenbrauen hoch.

„Eine andere Möglichkeit haben wir leider nicht. Es würde einfach zu lange dauern, Dogmaster zu beschatten. Die Polizei ist an Gesetze gebunden. Wir nicht. Und darum können wir den direkten Weg gehen."

„Also gut, dann machen wir das auch", sagst du entschlossen und stehst auf. Den *USB*-Stick verstaust du in der Hosentasche.

Tec wühlt schon wieder in seinem Rucksack und zieht dann ein seltsames kleines Werkzeug hervor. „Hier, nimm das auch noch mit. Ist meine neue Mini-Seilwinde. Ich hab sie vor ein paar Monaten gebastelt und sie auch schon getestet. Ich schätze mal, du kannst sie bei diesem Einsatz gut gebrauchen."

Misstrauisch beäugst du das winzige Gerät.

„Lass dich nicht von der Größe täuschen. Das Stahlseil dieser Seilwinde kann bis zu 100 Kilogramm Gewicht tragen. Hab ich selbst getestet. Mit der Winde kannst du dich abseilen und auch wieder hochziehen lassen. Der Haken ist extrem stabil und kann sich nicht versehentlich öffnen. Erst wenn du diese Taste drückst, löst er sich." Tec demonstriert es.

„Cooles Teil, danke!" Beeindruckt wiegst du Tecs Meisterwerk in der Hand und steckst auch diese Ausrüstung ein. Plötzlich fällt dir siedend heiß etwas ein. „Mist!"

Tec sieht dich fragend an.

„In Dogmasters Viertel gibt es doch an jeder Ecke einen Patrol-Point. Wie komme ich daran vorbei?"

„Da habe ich mir schon was überlegt." Tec zieht eine Karte raus. „Dein neuer Ausweis. Bis auf das Foto ist alles gefälscht. Damit meldest du dich beim Patrol-Point und sagst, dass du Moritz Morlock besuchen willst."

„Okay, alles klar." Du atmest tief durch und bist bereit. Man kann dir ansehen, wie verbissen du an diesen Auftrag herangehst. Du kannst kaum abwarten, es den Codepirates zu zeigen. Und dann gibt es endlich mal wieder einen gemütlichen Fernsehabend: „Mission Combat" wartet auf dich.

Grimmig schnappst du dir jetzt deinen Rucksack und klaust dir einen Kaugummi von Silents Schreibtisch.

Tec klopft dir auf die Schulter, und Silent wünscht dir viel Glück. Dann verlässt du euer Geheimversteck im *Kollhoff-Tower* und machst dich auf den Weg. Diesmal verzichtest du auf die Rollerblades, weil das Stadtviertel, in dem Dogmaster wohnt, am weit entfernten Stadtrand von Berlin liegt.

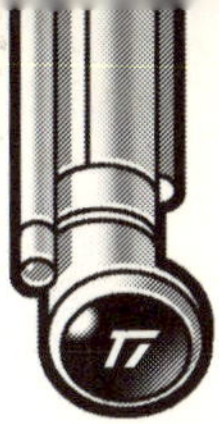

Du kramst deinen Pocket-PC aus dem Rucksack, öffnest dann die Internetseite der Berliner Verkehrsbetriebe und suchst dir die günstigste U-Bahn-Verbindung heraus.

Halt!

Ab sofort entscheidest nur noch du allein, wie CODEPIRATES weitergeht. Dafür wurde das gesamte Abenteuer in nummerierte Textabschnitte geteilt. Am Ende jedes Abschnitts trittst du in Aktion:

Du darfst aus mindestens zwei vorgeschlagenen Abschnittsnummern eine auswählen.

Die Augenzahl eines Würfels entscheidet für dich. Dazu blätterst du die Buchseiten unten rechts wie bei einem Daumenkino durch, stoppst und liest die Würfelzahl ab.

Die Lösung eines Rätsels führt dich zur nächsten Textabschnittsnummer.

Damit du deinen Auftrag ausführen kannst, musst du in Computer eindringen, Passwörter knacken, Hightech-Geräte in Gang bringen und noch vieles mehr erledigen. Solltest du irgendwo feststecken, kannst du Silent oder Tec über *TeamSpeak* um Hilfe rufen. Das ist eure abhörsichere Funkverbindung.

Hinten im Buch findest du das LAN-Clan-Lexikon. Wörter, die im Text *kursiv* gedruckt sind, werden darin erklärt. Außerdem gibt es dort einen Pocket-PC für Notizen. Darin kannst du Passwörter festhalten, Namen aufschreiben oder etwas abzeichnen. Halte einfach alles darin fest, was später im Abenteuer noch wichtig werden könnte. Leg dir am besten also schon mal einen Bleistift bereit. Und jetzt viel Glück und viel Spaß mit CODEPIRATES.

Lies weiter bei **95**

2

Du siehst dir eines der Klettersets genauer an. „Ein Kletterseil mit Karabinerhaken“, zählst du auf. „Ein Tragegurt und ein Sturzhelm.“

Speicher die Nummer der Kletterausrüstung „KA38“ in deinem Pocket-PC!

Du stopfst alles in deinen Rucksack und machst dich auf den Weg zum Wartungsraum.

Lies weiter bei 38

3

Geduldig erklärt dir Tec, wie die Sache mit dem Stadtplan funktioniert. „Wenn Daten über Antennen gesendet werden, geschieht das über eine bestimmte Frequenz. Dieser Plan hier ist in Gitterfelder eingeteilt. Jedes Gitterfeld ist mit einer Zahl versehen. Das sind die Frequenzen.“

So langsam verstehst du. „Wir können also mit diesem Plan sagen, über welche Frequenz man von wo aus sendet?“

„Genau“, sagt Tec. „Der *Transceiver* ist das Empfangsgerät der Codepirates. Dieser Apparat hat alle Sendefrequenzen gespeichert. Die Codepirates senden über genau vier Frequenzen. Zwei davon bilden, mit einem Doppelpunkt verbunden, ein Paar.“ Tec seufzt. „So viel zur Theorie, jetzt folgt die Praxis. Lies doch mal die ersten beiden Frequenzen aus deinem Pocket-PC vor!“

Noch immer etwas verwirrt folgst du der Bitte deines Freundes. „Das sind die ‚64‘ und die ‚12‘.“

„Okay, jetzt suche diese beiden Frequenzen im Plan heraus. Ist ein wenig mühselig. Wenn du sie gefunden hast, zeichne genau in die Mitte der beiden Gitterfelder einen Punkt und verbinde sie mit einer Linie. Wiederhole das jetzt mit den anderen beiden Frequenzen des *Transceiver*s. Dadurch ergeben sich zwei Linien, die sich über einem der vielen Gitterfelder überkreuzen. Und genau von diesem Teil Berlins aus haben die Codepirates ihre Störvideos gesendet.“

Lies weiter bei 27

4

Dir bleibt nichts anderes übrig, als dich mithilfe des Krans zum Hotknot abzuseilen. Das heißt, du musst zunächst das Seil auf die entsprechende Länge herablassen.

Und du hast Glück. Die Tür zur Führerkabine ist nicht abgeschlossen. Wer sollte auch auf die

Idee kommen, dass hier oben jemand den Kran in Gang bringen will …

Schnell steigst du ein und schließt den Motor kurz. Dann machst du dich ein wenig mit den Steuerknüppeln vertraut und lässt den Haken einige Male auf und ab fahren. Bald hast du ein gutes Gefühl dafür, wie schnell er sich nach unten bewegt.

Schließlich startest du einen ersten Versuch. Und wenn deine Berechnung stimmt, wirst du es vielleicht sogar gleich beim ersten Mal schaffen, ihn genau auf Höhe des Hotknots herabzulassen.

Lies weiter bei **98**

5

Mit einem leisen Klicken springt Dogmasters Wohnungstür auf. Schnell kramst du deine Sachen zusammen, schlüpfst hinein und schließt die Tür. Du siehst auf deine Uhr. Acht Minuten bleiben dir jetzt noch.

Auf Zehenspitzen durchquerst du den kahlen Flur, was aber nicht verhindert, dass der Parkettfußboden verräterisch laut knarrt. Ein zerbissener

Ball liegt im Weg und in einer Ecke steht ein Hundekorb.

Vorsichtig betrittst du nun das Wohnzimmer. Sonnenlicht strahlt durch das Balkonfenster. Die gegenüberliegende Wandseite ist ganz von dem grellen, lilagelben Graffiti der Codepirates eingenommen. Gut, zumindest scheinst du in der richtigen Wohnung zu sein. Auf dem Boden liegen eine Matratze und daneben stapelweise Comics und Sprühdosen, die Graffiti-*Kannen*, in etlichen Farben. Die meisten jedoch, wie sollte es anders sein, sind Lila und Gelb.

An der freien Wand hängt Dogmasters Plasma. Ein rotes Lämpchen leuchtet. Er hat Nachrichten in seiner Mailbox. Schade, wenn du seine Stimme nachahmen könntest, wärst du in der Lage, sie abzurufen. Auf einem kleinen Computertisch entdeckst du schließlich Dogmasters Notebook. Du legst Rucksack und Jacke beiseite und setzt dich auf den Stuhl. Das Betriebssystem fährt hoch. Doch plötzlich erscheinen vier Symbole und darüber ein Eingabefeld. „Nein“, stöhnst du und siehst nervös zur Uhr. „Sein Rechner ist mit einem Symbolcode gesichert. Ich brauch deine Hilfe, Silent.“ Du rückst näher an den Flachbildschirm heran.

Silent ist beeindruckt vom Einfallsreichtum des

Sprayers. „Nicht schlecht gemacht!“ Sie überlegt. „Sieht aus, als müssten die Symbole in die richtige Reihenfolge gebracht werden. Aber das kriegen wir hin. Warte, ich schicke dir ein *Hack*programm. Es wird sämtliche Kombinationen durchchecken.“

Während Silent wild auf ihrer Notebooktastatur tippt, schaltest du deinen Pocket-PC ein. Und kaum ist die Übertragung beendet, machst du dich an die Arbeit.

Lies weiter bei 45

6

Der kostbare Fund hat dich neugierig gemacht. Vielleicht gräbst du ja noch mehr Schätze aus. Und tatsächlich! Unter all den Entwürfen kommt ein Schlüssel zum Vorschein. Auf seinem Anhänger steht „DJ One“.

„DJ One“, murmelt Silent nun nachdenklich. „Könnte auch ein Codepirate sein.“

„Und warum liegt sein Schlüssel in Dogmasters Schublade?“

„Weiß nicht! Vielleicht, damit Dogmaster die

Blumen gießen kann, wenn DJ One in Urlaub ist?"

„Sehr witzig", murmelst du und bekommst eine Idee: „Wäre es nicht möglich, dass alle Codepirates einen Schlüssel von dieser Wohnung besitzen? Vielleicht verstecken sie ja dort ihre Geräte, mit denen sie ständig Internet, Fernsehen und Telefonate stören."

„Das kann natürlich gut sein", meint Silent nachdenklich.

Du steckst den Schlüssel ein. „In diesem Fall haben wir jetzt jedenfalls auch einen."

Speicher in deinem Pocket-PC das Kürzel „DJ41".

„Ich schätze, Dogmaster wird nicht mal merken, dass der Schlüssel fehlt, so wie er unter dem Wust von Zetteln lag. Den hat er wohl lange nicht mehr gebraucht."

„Aber weshalb?", fragt Silent.

Du zuckst mit den Schultern und antwortest: „Da muss ich passen."

Lies weiter bei **8**

7

„Lass mich mal sehen“, murmelt Tec. „Wow, das ist schwer. Machen wir das lieber ganz in Ruhe.“

Tec hat gut reden. Wie sollst du die Ruhe bewahren, wenn Dogmaster gleich über das Dach der Kabine in den Aufzug klettert? Ungeduldig trittst du von einem Fuß auf den anderen.

„Ich hab’s“, meldet sich Tec.

Voller Tatendrang hältst du dein Taschenmesser bereit.

„Es sind genau drei Leitungen“, erklärt Tec. „Sie führen vom Nothalt-Baustein direkt zur Energiequelle ganz links und versorgen ihn mit Strom. Am besten gehst du den Weg vom Nothalt aus zur Energiequelle. Welche Leitungen führen nicht zu einem Lämpchen, sondern sind reine Stromzuleitungen?“

„Hm“, grübelst du. „Lass noch mal sehen …“

Du probierst es gleich noch einmal. Lies weiter bei **90**

Du bittest Tec, dir noch einen Tipp zu geben. Lies weiter bei **44**

8

Vorsichtig schiebst du die Schublade bis auf den kleinen Spalt wieder zu. Ungeduldig siehst du dir den Fortschrittsbalken auf dem Computermonitor an. Noch vierzig Prozent. Du stehst auf. Vom Balkonfenster aus kannst du die Schallmauer sehen, hinter der die Autobahn verläuft. Direkt hinter dem Haus ist eine umzäunte Wiese. Ein paar Kinder spielen Fußball.

„Wie lange noch?“, fragt Silent ungeduldig.

Du gehst zurück an den Schreibtisch. „Hat gleich drei Viertel kopiert.“

Dein Blick bleibt an einer Magnettafel über dem Tisch hängen. Ein Notizzettel sticht dir ins Auge. „Technik“ steht darauf.

Du nimmst den Zettel ab und entdeckst auf der Rückseite eigenartige Notizen: „Aufzug: 1EH-NX-KF“ und „Wartung: 1ST-KB-DG“.

Auch Silent sieht diese Kürzel über die Minikamera deines *Headsets*. „Interessant“, murmelt sie. „Das könnte wichtig für uns sein. Am besten, du speicherst sie ab.“

Schnell holst du deinen Pocket-PC raus und schreibst die Notiz ab.

Speicher die Notizen „Aufzug: 1EH-NX-KF“ und „Wartung: 1ST-KB-DG“ in deinem Pocket-PC!

Du hängst den Zettel wieder zurück.

In diesem Moment ruft Silent: „Oh nein, er kommt! Los, raus da!“

Panik steigt in dir auf. Die letzten fünfzehn Prozent. „Ausgerechnet jetzt. Er ist fast fertig.“

„Das schaffst du nicht. Du musst raus! Er rennt die Treppen hoch. Und er hat einen Schäferhund dabei!“

Du fauchst den Rechner an. „Mach schon!“

Noch zehn Prozent.

Silent rastet fast aus. „Worauf wartest du?“

Fünf Prozent.

Fertig!

Du reißt den Stick heraus, machst den Hauptschalter an der Steckdose aus und hastest aus dem Wohnzimmer. Doch kaum hast du den Flur betreten, bleibst du stocksteif stehen. Du siehst, dass über der Tür ein unscheinbares Lämpchen leuchtet. Dir schwant Übles. „Siehst du das?“, keuchst du. „Er weiß, dass jemand in seiner Wohnung ist. Offenbar hat ihm sein Warnsystem eine SMS geschickt.“

Blätter die Buchecken wie bei einem Daumenkino durch und stoppe an einer beliebigen Stelle. Die Augenzahl entscheidet, bei welchem Textabschnitt das Abenteuer weitergeht.

Augenzahl 1, 3 oder 5.
Lies weiter bei **57**

Augenzahl 2, 4 oder 6.
Lies weiter bei **68**

9

Auf dem Codekartenlesegerät sind drei Quadrate zu sehen. Jedes Quadrat ist in vier unterschiedlich gefärbte Dreiecke eingeteilt. Die Quadrate auf der Codekarte enthalten genau die gleichen Quadrate wie auf dem Lesegerät, jedoch wurden einige Dreiecke weiß gelassen. Mit welchem Quadrattrio aus der Mitte musst du die drei Quadrate, die du auf der Codekarte siehst, ergänzen, damit sie genauso aussehen wie die drei Quadrate auf dem Codekartenlesegerät? Es sieht schwerer aus, als es ist!

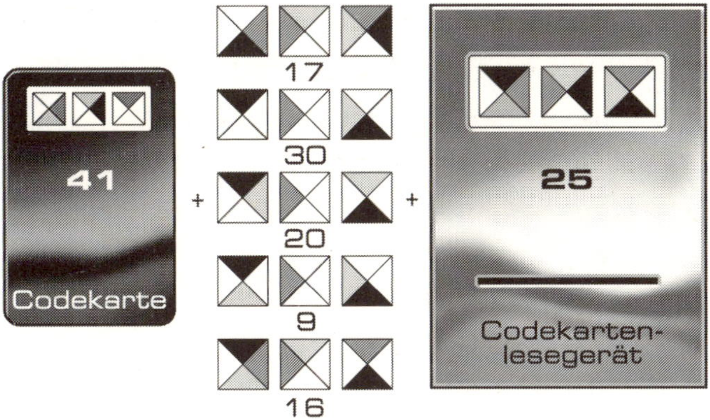

Addiere die Zahl der Codekarte mit der Zahl der richtigen Gruppe aus der Mitte und der Zahl des Codekartenlesegeräts! Die Summe führt dich zum nächsten Textabschnitt.

Du brauchst dringend Hilfe. Das ist eine Aufgabe für Silent.
Lies weiter bei **72**

10

Du wirfst einen letzten Blick über die Schulter. Die Luft ist rein. Dann schlüpfst du hindurch. Heraus kommst du in einem schmalen Gang. An dessen

Ende befinden sich drei Türen: Die mittlere hat die Aufschrift „Privat“, die linke führt zur Toilette und rechts geht es in die Küche.

Plötzlich schwingt die Küchentür ein Stück auf. Du zuckst zusammen. Die Person bleibt in der geöffneten Tür stehen und spricht mit jemandem. Gleich wird sie rauskommen. Spätestens dann solltest du dich unsichtbar gemacht haben. Nur wohin?

Du rennst los, um dich im Aufenthaltsraum der Mitarbeiter zu verstecken. Lies weiter bei 97

Du rennst los, um dich im Klo der Mitarbeiter zu verstecken.
Lies weiter bei 83

11

„Am besten, du gehst der Reihe nach vor“, sagt Silent. „Keine Panik, das klappt. Du darfst nur eine schwarze Taste drücken, wenn alle Tasten außen herum – außer den diagonalen – weiß sind. Fangen wir mit der ersten Taste an. Sie trägt die

Nummer ‚25‘. Die darfst du nicht drücken, denn die Taste rechts daneben mit der Nummer ‚76‘ ist bereits schwarz. Es würde somit nur die Taste darunter dunkel werden.

Das Gleiche gilt dann natürlich auch für die Nummer ‚76‘, denn ihre benachbarte linke Taste, Nummer ‚25‘, ist ja auch schon schwarz. Kommen wir zu der Taste mit der Nummer ‚19‘. Da sieht es schon anders aus. Denn wenn du die ‚19‘ drückst, werden ihr rechter und linker Nachbar und der darunter schwarz.“

„Jetzt verstehe ich“, freust du dich. „Das stimmt dann, oder? Den muss ich drücken?“

„Genau.“

„Okay, super, die anderen finde ich dann selbst heraus. Danke, Silent.“

Lies weiter bei **71**

12

Geschafft, die Fahrstuhltür schließt sich sanft vor deiner Nase.

In wenigen Sekunden bringt der Lift dich hoch in den Techniker-Bereich. Vor dir ist ein schmaler

Gang: Rechts geht es hinaus zur Bergungsplattform. Links endet der Weg vor einigen geschlossenen Türen.

An der einen Tür, die mit „Wartung“ beschriftet ist, ist ein eindrucksvolles Zahlenschloss. Die andere führt zu einer Toilette. Und dann ist da noch eine dritte Tür. „Antennenträger. Achtung! Jederzeit geschlossen halten!“, steht auf dem Schild. Auch dieser Zugang hat ein Sicherungssystem.

Du hörst ein Rauschen in deinem *Headset* und Tec meldet sich zu Wort. „Also, wie gesagt, es gibt zwei Möglichkeiten, wo die Codepirates ihren *Transceiver* platziert haben“, erklärt er. „Entweder im Wartungsraum oder, was ich nicht hoffe, direkt oben am Hotknot.“

Du schluckst.

Du willst einen Blick hinter die Tür zum Antennenträger werfen.
Lies weiter bei **89**

Du horchst an der Tür zum Wartungsraum.
Lies weiter bei **28**

13

Doch es gelingt dir nicht. Sie grinst dich an und lässt los. Der *Transceiver* fällt in die Tiefe und zerbirst unten auf dem Sockel des Antennenträgers. Das Mädchen klettert eilig hinterher. Du dagegen stehst wie gelähmt da und bist frustriert.

Du hast versagt. Aber was hättest du anders machen können? Du beobachtest, wie das Mädchen die Überreste des *Transceivers* begutachtet. Wütend schießt sie ein paar Bruchstücke über den Boden der Plattform und löst sich mit einem Sprung zur Seite in Luft auf.

Du selbst bist nicht weniger wütend. Mit einem zerstörten *Transceiver* ist euer Auftrag kläglich gescheitert.

„He, Kopf hoch“, meldet sich Tec. „Vielleicht kann man das Ding noch retten?“

Hoffnung glimmt in dir auf. „Ehrlich?“

„Klar doch. Am besten, du guckst gleich mal nach.“

Das lässt du dir nicht zweimal sagen. Sofort kletterst du runter zum Sockel des Antennenträgers und suchst alles, was du an Einzelteilen finden kannst, zusammen. Darunter befindet sich auch eine Platine. „Wenn die noch intakt ist, dann setz sie doch unter Strom und lese die Frequenzen vom Display ab“, schlägt Tec vor. Sofort machst du dich an die Arbeit.

Lies weiter bei 37

14

Mit beiden Beinen kommst du sicher auf dem Boden an. Sofort drückst du einen weiteren Knopf deiner Taschenwinde. Der Haken oben auf dem Dach löst sich. Das Stahlseil rollt sich automatisch auf. Du vergewisserst dich noch einmal, dass die Luft rein ist, dann rennst du los.

Lies weiter bei 65

15

Der Sprayer ist schneller bei dir oben, als du auf seinen Ansturm reagieren kannst. Er attackiert dich von hinten. Seine Hand schnappt nach dem *Transceiver*. Doch du drückst das Gerät fest an deinen Körper und drehst dich seitwärts, um seinen Überfall abzuwehren. Der Codepirate bleibt hartnäckig. Er schlingt seine Arme um deine Hüften und quetscht dir den Bauch, in der Hoffnung, dass du das Gerät freiwillig loslässt. Doch du wehrst dich so heftig, dass er die Umklammerung lockern muss, um nicht abzustürzen. Du nutzt die Chance und drehst dich rum. Ein schneller Griff, und die Kapuze ist unten.

Mit großen Augen starrst du in das Gesicht eines ebenso überraschten jungen Mädchens mit schwarz gefärbten Haaren und einem Piercing im linken Nasenflügel. Offensichtlich wird ihr in diesem Moment klar, dass du genauso hartnäckig bist wie sie und den *Transceiver* niemals herausrücken wirst. Denn sie ergreift die Flucht. Wie ein geübter Freeclimber klettert sie am Gerüst hinunter. Immer noch verblüfft starrst du ihr hinterher. Sie hockt weit unter dir auf dem Sockel des Antennenträgers und wirft dir einen bösen Blick zu. Dann springt sie auf und wird mit einem letzten Hakenschlag unsichtbar.

Zitternd klammerst du dich an das kalte Metall des Gerüsts. Du gönnst dir eine kleine Atempause.

Lies weiter bei ***77***

16

„Hast du denn deinen Speicherstick noch dabei?“, fragt Silent. „Dann kannst du DJ Ones Computer auch gleich anzapfen. Die Polizei wird sich darüber freuen.“

Während du im Rucksack wühlst, fällt dir ein, dass du den Stick an Tec weitergegeben hattest. Schließlich einigt ihr euch darauf, dass du dich noch einmal gut in der ganzen Wohnung umsiehst und Silent alles als Film auf ihrem Notebook speichert.

„Und?“, fragt sie nach einer Weile. „Schon irgendeine Spur von meinem Pocket-PC?“

Aber Silents Computer bleibt verschwunden.

Sie ist enttäuscht. „Dann muss ich wohl warten, bis die Polizei die Codepirates verhaftet hat. Am besten, du kommst jetzt raus da. Wir haben genug Beweise, die wir der Polizei übergeben können.“

Du bist froh, dass alles so gut geklappt hat und dass du nun endlich verduften kannst. Diese Sprayer sind dir einfach nicht geheuer. Das Zusammentreffen mit dem Codepirate auf dem Antennenträger steckt dir immer noch in den Knochen. Eine solche Aktion braucht sich nicht zu wiederholen. Du schließt die geheime Tür hinter dir und verlässt die Wohnung.

Im Treppenhaus bleibst du stehen und horchst. Unten ist alles still. Also schleichst du auf leisen Sohlen die knarrende Holztreppe runter. Schon bist du aus der Haustür.

Doch gerade als du die Hofeinfahrt verlassen hast und um die Ecke biegst, kommt dir ein Mädchen mit schwarzem Kapuzenshirt entgegen. Es ist Flywheel. Du erkennst sie auf Anhieb wieder mit ihren schwarzen Haaren unter der Kapuze. Der schmale Körper und der leicht wippende Gang. Kein Zweifel – sie ist es. Geradewegs marschiert sie auf den Graffiti-Laden zu. Du bleibst stehen. „Das ist Flywheel“, flüsterst du aufgeregt.

Das Mädchen hat dich nicht bemerkt. Es ist völlig vertieft in einen kleinen tragbaren Computer.

Silent fällt aus allen Wolken. „He“, ruft sie empört. „Das ist mein Pocket-PC!“ Du hörst, wie Silent aufspringt und zu Tec sagt: „Bleib hier und pass auf die Sachen auf. Ich hol mir mein Eigentum zurück.“

Gerade kommt DJ One aus dem Laden. Sie umarmen sich und Flywheel gibt ihm den Pocket-

PC. Aufgeregt redet sie dabei auf ihn ein. Und auf einmal sieht sie mitten im Satz hoch und begegnet deinem Blick. Überrascht starrt sie dich an.

„Verdammt“, zischst du. „Sie hat mich erkannt!“

Hinter dir hörst du bereits Silent herbeilaufen. Flywheel sagt etwas zu DJ One, dreht sich auf dem Absatz um und hastet über die Straße. Schon ist sie in der Einfahrt des Nachbarhauses verschwunden.

DJ One reißt seinen Kopf hoch. Er sieht euch kommen, stopft den Pocket-PC in seine Tasche, und rennt los. Silent und du jagt hinterher. „Vergiss das Mädchen, ich will meinen Pocket-PC wiederhaben“, ruft Silent dir zu.

Dass Flywheel durchtrainiert war, musstest du bereits auf dem Fernsehturm feststellen. Doch dass DJ One in seinem früheren Leben ein Sprinter gewesen zu sein scheint, ist eine ziemlich unangenehme Überraschung für dich. Er rennt die Straße entlang, und der Abstand zwischen euch wird immer größer. Euer Wille, den Codepirate zu erwischen, ist so stark, dass ihr erstaunlich lange mithalten könnt.

Plötzlich schlägt DJ One einen Haken und rennt in einen Hinterhof. Als auch ihr endlich die

Hofeinfahrt erreicht, ist er wie vom Erdboden verschluckt. Ihr bleibt stehen und schnappt nach Luft. „Wo ist er hin?“, keuchst du und siehst zu den beiden Kellereingängen.

„Wir müssen uns aufteilen. Er kann nicht weit sein“, japst Silent. „Einer links, einer rechts. Los!“

Du entscheidest dich für den linken Kellereingang.
Lies weiter bei 64

Du entscheidest dich für den rechten Kellereingang.
Lies weiter bei 55

17

Tec springt auf. Mit einem triumphierenden Gesichtsausdruck sagt er: „Voilà! Das Versteck der Codepirates. Und wer hätte das gedacht: Sie verstecken sich in einem Graffiti-Laden. Wie originell.“

„Jetzt haben wir sie“, ruft Silent und hebt ihren Arm. Ihr klatscht ein.

Tec schreibt was auf einen Block. „Hier ist die

Adresse." Er reißt das Blatt raus und gibt es dir. Du packst, ohne zu zögern, deinen Kram zusammen und machst dich bereit zum Abflug.

Aber Silent hält dich zurück. „He, warte!"

Verdutzt drehst du dich um. „Warum? Ich bin so weit."

„Aber wir noch nicht", antwortet Silent und sieht Tec erwartungsvoll an.

„Ihr kommt mit?" Du bist überrascht und auch ein bisschen gerührt.

„Klar, wir können hier ja nicht immer nur Däumchen drehen", meint Tec mit einem Grinsen und verstaut seine Ausrüstung in seinem Rucksack. Auch Silent ist fertig. Gemeinsam macht ihr euch auf den Weg, um den Codepirates einen Besuch abzustatten.

26. MAI 2017, 17:19 Uhr, VOR DEM GRAFFITI-LADEN

Irgendwo in einer der vielen Seitenstraßen im Zentrum von Berlin liegt der größte Laden der Graffiti-Szene. Und genau dort befindet sich auch das Geheimversteck der größten Störenfriede der Stadt. Silent, Tec und du postiert euch an der Straßenecke. Während ihr euer Vorgehen besprecht, seht ihr immer wieder unauffällig zum Eingang des Shops. Es ist geöffnet. Ständig gehen junge Leute rein und raus.

„Ziemlich viel Betrieb“, sagst du. „Aber ich probier’s trotzdem.“

Silent sieht sich um. Sie deutet auf eine Parkbank. „Wir setzen uns in den Schatten und verfolgen alles über die Minikamera. Wenn du Hilfe brauchst, rufst du uns. Dann müssen wir uns eben zu erkennen geben. Allerdings wäre es besser, wenn sich das vermeiden ließe.“

Mit deinem Rucksack machst du dich auf den Weg. Doch je näher du diesem Graffiti-Laden kommst, desto mulmiger wird dir. Was machst du, wenn plötzlich Dogmaster mit seinem Hund auftaucht?

Nur noch wenige Schritte trennen dich von der Ladentür. Die Geschäftsfassade ist bis zum Bürgersteig hinunter mit knallbunten Graffitis bemalt. Du läufst an der offenen Hofeinfahrt vorbei und entdeckst eine Hintertür. „He, Leute“, flüsterst du. „Seht ihr die Seitentür? Könnte zum Laden führen.“ Kurzerhand machst du einen Schlenker, steuerst darauf zu und liest das Namensschild: „DJ One“.

Sieh in deinen Pocket-PC!

Wenn du das Buchstabenkürzel „DJ“ in deinem Pocket-PC gespeichert hast, lies weiter bei der Zahl hinter dem Kürzel „DJ“.

Wenn du keine Zahl mit dem Kürzel „DJ“ in deinem Pocket-PC gespeichert hast, lies weiter bei **76**

18

Sieh in deinen Pocket-PC!

Wenn du einen Code mit der Bezeichnung „Wartung“ im Pocket-PC gespeichert hast, verbirgt sich darin der Zahlencode, mit dem du Zugang zum Wartungsraum der Techniker bekommst. Auch hier gilt: Nicht jeder Strich ist ein Bindestrich!

Das Ergebnis der Rechenaufgabe führt dich zum nächsten Textabschnitt.

Du brauchst dringend Hilfe.
Silent muss helfen.
Lies weiter bei 60

19

Tec blüht nun auf. Immerhin sind Platinen und Hightech-Geräte sein Spezialgebiet. „Das ist einfach. In solchen Fällen wende ich immer einen Trick an. Ich verfolge die Leitungen nicht von Anfang bis Ende, sondern rückwärts. Fang mit der oberen Leitung am Display an und verfolge sie zurück bis zu ihrem Kontakt auf der linken Seite der

Platine. Merke dir die Nummer. Wenn du das Gleiche mit der unteren Leitung wiederholst, erhältst du die beiden richtigen Kontakte.“

Lies weiter bei 37

20

„Okay, was soll ich machen?“

„Schraub erst mal die Verkleidung des Tastenfelds ab.“

Schnell holst du dein Schweizer Taschenmesser heraus. Nach wenigen Handgriffen hängt ein einziger Kabelsalat vor deinen Augen. „Und jetzt?“ Du bist völlig ratlos.

Tec versucht, das Chaos zu verstehen. Schließlich gibt er auf. „Das dauert ewig“, sagt er. „Vergiss das mit dem Kurzschluss. Wir unterbrechen einfach direkt die Stromversorgung für den Nothalt.“

„Und wenn das Ding abstürzt?“

„Keine Panik! Solche Aufzüge sind normalerweise mehrfach gesichert. Du musst einfach sämtliche Kabel unterbrechen, die Strom zum Nothalt leiten.“

Du nickst und klappst eine winzige Schere aus dem Messer.

Lies weiter bei 90

21

Und dann ist es so weit. DJ One steht auf, geht zur Kaffeemaschine und gießt sich einen Becher voll. Im selben Augenblick klingelt sein Handy. Er läuft weg und dreht sich mit dem Gesicht an die Wand, um nicht belauscht zu werden. Jetzt oder nie. Du wirfst einen Blick in die Runde. Die anderen Kunden scheinen alle beschäftigt.

Also gehst du zügig auf die Privattür zu, reißt sie auf und schlüpfst hindurch.

Lies weiter bei 42

22

Auf einmal ruft Tec: „Achtung, hinter dir!“ Und wie im Blutrausch schießt der Hund plötzlich um die Ecke und die Treppe abwärts auf dich zu.

46

Der Köter ist unglaublich schnell. Dir bleibt keine Zeit, zur Haustür zu gelangen. Und so entschließt du dich, in die Offensive zu gehen. Du baust dich vor dem Schäferhund auf, hältst deinen Rucksack schützend vor den Bauch und redest besänftigend auf das Tier ein: „Feiner Hund. Braver Hund. Ich tu dir doch nichts." Wenn du bloß was dabeihättest, um das Tier abzulenken.

Sieh in deinen Pocket-PC!

Wenn du ein „Salamibrötchen" im Rucksack hast und es opfern möchtest, um den Schäferhund loszuwerden, dann multipliziere die Zahl hinter dem Buchstabenkürzel „SB" mit 5. Das Ergebnis führt dich zum nächsten Textabschnitt.

Wenn du kein „Salamibrötchen" bei dir hast oder es nicht für den Schäferhund opfern möchtest, dann lies weiter bei 66

23

Du hängst gerade auf halbem Weg irgendwo in der Luft, als der Wachmann mit seinem Hund um die Ecke kommt. Hastig drückst du den winzigen Knopf, um das Seil anzuhalten.

Angespannt starrst du nach unten. Der Wachmann scheint deine Anwesenheit nicht zu bemerken. Warum auch? Nie im Leben würde er erwarten, dass sich jemand in schwindelerregender Höhe an einem Haus nach unten abseilt. Noch ein paar Schritte, dann ist er zum Glück auch schon wieder verschwunden.

Im selben Augenblick kommt eine junge Mutter mit einem Kinderwagen um die Ecke gebogen. Der Wachmann und die Frau grüßen sich freundlich und bleiben stehen, um ein Schwätzchen zu halten.

Die Kraft in deinen Händen lässt langsam nach. Das Rettungsseil ist nur für schnelle Einsätze gedacht, nicht aber, um sich stundenlang in der Luft zu halten.

Und als wäre das nicht schon schlimm genug, zeigt das Kind im Kinderwagen zu dir hoch und ruft: „Dada!“ Dir bleibt beinahe das Herz stehen.

Zu deinem Glück ignorieren die beiden Erwachsenen das Kleine. Sie verabschieden sich voneinander und gehen weiter. Als der Wachmann endlich um die Ecke gebogen ist, löst du den Knopf und rauschst das letzte Stück bis nach unten.

Lies weiter bei 14

24

Du reißt hektisch deinen Rucksack auf, zerrst das Salamibrötchen aus der Tüte und wirfst es dem Hund direkt vor die Schnauze. Gierig schnappt er danach und schlingt es mit einem einzigen Happs runter.

In der Tüte sind noch ein paar einzelne Salamischeiben. Der Hund scheint sie zu riechen und kommt auf dich zu. Ohne nachzudenken, wirfst du das Papier mit den letzten Resten in die Aufzugkabine und der Hund stürmt hinterher. Schnell drückst du die Erdgeschoss-Taste. Und während das Tier über die Wurst herfällt, schiebt sich die Fahrstuhltür hinter ihm zu und der Aufzug macht sich auf den Weg nach unten.

50

Streiche das Kürzel „SB6“ im Pocket-PC durch oder radiere es aus.

Und jetzt? Unten wartet der Hund auf dich, oben sein Herrchen. Du sitzt in der Falle. Und dann, plötzlich, hallt ein Pfiff durchs Treppenhaus und du hörst, wie Dogmaster seine Wohnungstür aufschließt. „Dogmaster denkt, dass ich im Aufzug bin“, flüsterst du erleichtert.

Das ist deine Chance! Du schleichst die Treppe hoch, an Dogmasters offener Tür vorbei, bis zur obersten Etage. Hinter einer Stahltür befindet sich ein staubiger Dachboden mit etlichen Parzellen, in denen die Mieter ihr Gerümpel abgestellt haben. Ganz hinten ist ein Dachlukenfenster und du kletterst hindurch auf das flache Dach des Hochhauses.

Mit wenigen Blicken hast du dir einen Überblick verschafft. Da vorne, an der Stirnseite des Hauses, kannst du dich abseilen. Du befestigst deine Seilwinde an einem stabilen Stück Stahl, das aus der Wand ragt. Mit beiden Händen fasst du den Griff und kletterst rücklings über die Dachkante. Ein winziger Knopfdruck und schon rollt sich das Stahlseil ab und befördert dich in rasantem Tempo abwärts.

Blätter die Buchecken wie bei einem Daumenkino durch und stoppe an einer beliebigen Stelle. Die Augenzahl entscheidet bei welchem Textabschnitt das Abenteuer weitergeht.

Augenzahl 3 oder 4.
Lies weiter bei 25

Augenzahl 1, 2, 5 oder 6.
Lies weiter bei 14

25

Silent sieht sich die letzten drei Zeilen im Fenster ihres Programms genau an. „Also, in der ersten Zeile“, erklärt sie, „sitzt kein einziges Symbol an der richtigen Stelle. Das erkennst du an den vier Minuszeichen in der rechten Spalte.

Dann tauschen Dreieck und Kreis ihre Plätze. In der rechten Spalte erscheint ein Plus. Das heißt, das Dreieck sitzt nun an der richtigen Position. Der Kreis stimmt allerdings nicht.

Nächste Zeile: Kreis und Stern tauschen ihre Plätze und schon hat man noch ein richtiges Symbol ermittelt. Sieht man an den beiden Pluszeichen. Ach, logisch!“ Silent lacht. „Jetzt bleibt nur noch eine Möglichkeit: Das Rechteck muss nach links und der Stern auf den zweiten Platz. Ist ein Klacks.“

„Okay, danke! Nur …“, du zögerst, „… wie funktioniert das jetzt mit den Fragezeichen?“

„Hm“, überlegt Silent. „Ist ganz leicht! Wenn du die Symbole an die richtige Stelle gebracht hast, tausche sie in gleicher Reihenfolge mit den Fragezeichen in der Zeile darunter aus. Und da jedes Symbol für eine Zahl steht, musst du die vier Symbole, die du in die richtige Reihenfolge gebracht hast, nur noch durch die entsprechenden Zahlen ersetzen. Rechts daneben hast du die Liste dafür!“

„Ah, okay!“ Du strahlst auf. „Jetzt kapier ich, danke.“

Lies weiter bei 45

26

In diesem Moment ruft Dogmaster nach seinem Hund. „Pavlo!“, schallt es durch den Laden.

„Verdammt!“, fluchst du. Gleich wird er hier

sein und dich wiedererkennen. Mittlerweile veranstaltet Pavlo so ein Spektakel, dass jeder im Laden am wackelnden Vorhang erkennen kann, wo der Hund sich gerade aufhält. Die Rufe seines Herrchens ignoriert er völlig.

Plötzlich reißt jemand den Stoff zur Seite. Gerade noch drehst du Dogmaster den Rücken zu und verbirgst dein Gesicht in den Händen. Der Codepirate lacht dich aus: „He, hab dich nicht so, der tut nichts, der will nur spielen. Keine Panik."

Du nickst bloß und vergräbst dein Gesicht noch tiefer in deinen Händen. Durch die Fingerschlitze siehst du, wie Dogmaster die Stirn runzelt. Misstrauisch kommt er näher. Er versucht, dir ins Gesicht zu sehen. „Alles in Ordnung?"

Du nickst wieder. Dogmaster lässt nicht locker. „Er hat dich doch nicht etwa gebissen? Zeig mal her."

„Nein", brummst du. „Er wollte mich nur abschlecken. Aber ich bin total allergisch gegen Hundehaare."

„Ah, alles klar. Dann werde ich mich mal lieber verziehen. Meine Klamotten sind übersät damit."

Dogmaster pfeift seinen Hund zurück. Diesmal pariert er auf der Stelle. Und so schnell der Vorhang aufgezogen wurde, so schnell rauscht er nun wieder zu. Dir fällt ein Stein vom Herzen. Mit zittrigen Händen siehst du durch den Vorhangsschlitz den beiden hinterher.

Lies weiter bei 39

27

Sieh in deinen Pocket-PC. Die vier Frequenzen aus dem Transceiver sind dort gespeichert. Die Frequenzen, die mit einem Doppelpunkt verbunden sind, gehören zusammen. Suche sie im Plan heraus und verbinde sie. Wiederhole das Ganze anschließend mit dem anderen Frequenzpaar.

65	85	14	96	32	92	5	102	60	99	27	76	10	48
30	110	7	46	38	63	88	72	15	36	57	108	64	52
58	71	28	103	75	78	17	43	105	79	61	24	4	89
50	12	81	59	87	111	54	1	20	21	83	95	18	106
47	67	34	11	90	39	66	40	35	97	8	41	73	31
109	9	25	44	69	86	98	29	101	70	23	107	3	68
80	77	94	53	82	104	56	2	91	84	62	45	51	87
26	15	6	37	49	93	19	42	100	33	16	74	13	55

Die Frequenz des Gitterfeldes, in dem sich beide Linien kreuzen, verrät dir das Versteck der Codepirates.

Du brauchst dringend die Hilfe deiner Freunde. Lies weiter bei **3**

28

Im Wartungsraum ist es, abgesehen vom leisen Rauschen der Klimaanlage, völlig still. Du gehst jedoch lieber auf Nummer sicher, nicht, dass am Ende noch irgendein Techniker im Wartungsraum sein Mittagsschläfchen hält. Laut klopfst du an die Tür. Lauernd stehst du da, bereit, jederzeit um die Ecke zu verschwinden, falls du ein Geräusch hörst. Aber niemand reagiert.

Erleichtert sagst du: „Die Luft ist rein. Aber wie krieg ich das Schloss auf?“

„Vielleicht passt ja der zweite Code aus Dogmasters Wohnung“, überlegt Silent.

„Gute Idee!“ Gleich machst du dich an die Arbeit.

Lies weiter bei **18**

29

Silent bleibt ganz ruhig, als du sie etwas angespannt um Hilfe bittest. „Zeig mal her."

Du überträgst ihr den Code, den du dir vom Notizzettel in Dogmasters Wohnung abgeschrieben hast.

„Danke, hab ihn", hörst du und dann herrscht eine Weile Funkstille. Dir kommt es vor wie eine Ewigkeit. Dein Blick schweift immer wieder nervös zur Tür.

Plötzlich antwortet Silent: „Ah! Ist total einfach. Sieh dir das Tastenfeld an. Auf der Taste mit der ‚1' steht kein Buchstabe. Also bleibt die ‚1' im Code. Über dem Buchstaben ‚E' steht eine ‚3', also ersetzt du ihn durch die Zahl ‚3'. Verstehst du?"

„Klar, dann steht der Buchstabe ‚H' für die Zahl ‚4'."

„Genau! Also ergeben die ersten drei Stellen im Code die Zahl ‚134'. Jetzt brauchst du nur noch die restlichen Buchstaben gegen Ziffern auszutauschen und die Rechenaufgabe zu lösen."

Du stutzt. „Rechenaufgabe?"

Silent lacht. „Ist doch logisch. Siehst du die Bindestriche nicht? Das sind Minuszeichen!"

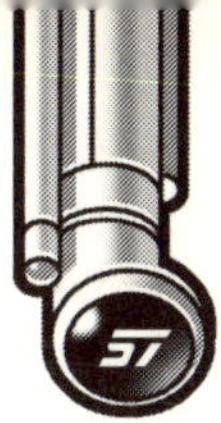

Nun geht dir ein Licht auf. „Ach, so ist das!“, rufst du und machst dich daran, den restlichen Code zu knacken.

Lies weiter bei **81**

30

Während du weiter beruhigend auf das Tier einredest, hörst du Dogmasters Schritte die Stufen heruntertrappeln. Du musst diesen Hund loswerden, das Salamibrötchen ist dabei deine einzige Chance! Doch als deine Hand in den Rucksack gleitet, wittert der Schäferhund plötzlich Gefahr. Er knurrt dich böse an und macht sich bereit zum Sprung. Alles oder nichts! Du ziehst die Tüte mit dem Brötchen heraus und schmeißt sie vor die Pfoten des Tieres.

Streiche das Kürzel „SB6“ im Pocket-PC durch oder radiere es aus!

Dann geht alles ganz schnell. Der Hund stürzt sich gierig auf die Brötchentüte und reißt die Verpackung auf. Du tastest hinter deinem Rücken nach

der Haustür, drückst dich durch einen schmalen Spalt hindurch und suchst das Weite.

Lies weiter bei 65

31

Bald näherst du dich einem der vielen Wohnviertel am Stadtrand von Berlin, in denen achtzehnstöckige Wohnsilos und riesige Spielwiesen mit tobenden Kindern das Bild prägen.

Das war nicht immer so gewesen. Vor wenigen Jahren noch hatten Jugendgangs in diesen Straßen regiert und die Kriminalität war immer schlimmer geworden. Schließlich hatte die Stadt hart durchgegriffen und mit einem strengen Überwachungssystem reagiert. An den Hauptzufahrtsstraßen waren die Patrol-Points entstanden. Sie kontrollieren genau, wer im Viertel kommt und geht und halten ungebetene Besucher fern.

Und vor genau so einem Patrol-Point stehst du nun. Eine Schranke hält die ein- und ausfahrenden Pkw an. Ein Wachmann mit Hund patrouilliert gerade um die Häuserblocks, ein zweiter sitzt in einem Häuschen und beobachtet die Passanten.

Du atmest einmal kräftig durch, dann steuerst du zielsicher darauf zu. Der Wachmann sieht von seiner Zeitung auf und mustert dich von Weitem.

„Auf zum Angriff", murmelst du und gehst auf das geöffnete Fenster zu. „Schönen guten Tag", grüßt du freundlich.

Mit versteinertem Gesicht erwidert er deinen Gruß.

„Ich will zu einem Freund. Moritz Morlock, Haus sieben, dritte Etage", sagst du, ohne mit der Wimper zu zucken.

„Ausweis?" Er weist auf einen Scanner an der Außenseite seiner Kabine. Du kramst deinen falschen Pass raus und hältst ihn davor. Es piepst und der PC des Wachmannes vergleicht deinen Namen mit den Besucheranmeldungen im System.

„Einen Moment." Der Mann stutzt. Er streckt eine Hand aus. „Darf ich den mal haben?"

Das Blut in deinen Adern gefriert. Zögernd gibst du ihm die Karte.

Der Mann studiert das Bild genau, vergleicht es mit deinem Gesicht. Du hältst die Luft an. Hat das System die Fälschung bemerkt? Doch da reicht er dir bereits den Ausweis zurück und erklärt: „Für deinen Namen gibt es keinen Besuchereintrag. Ich frag mal nach. Sekunde."

Du nickst verständnisvoll und er beginnt wild auf seiner Tastatur herumzutippen. Während du wartest, wirfst du einen Blick hoch zur Kamera, oben auf dem Dach des Häuschens. Sollen die dich ruhig filmen. Tec wird die Aufnahme sowieso löschen, sobald du wieder aus diesem Viertel heraus bist. Kein Mensch wird je erfahren, dass du hier warst. Da ist auch schon Tecs Stimme zu hören. Wie vereinbart ist er auf dem Bildschirm nicht zu sehen. „Was gibt's", ruft er mit verstellter Stimme. „Bin grad im Bad."

„Sie erwarten Besuch?"

„Wie? Jetzt schon? Ich steh noch unter der Dusche." Pause. Wasser plätschert. „Na, meinetwegen. Bin eh fast fertig. Kann reinkommen."

Der Monitor wird dunkel. Der Wachmann wendet sich dir zu. „In Ordnung. Du kannst gehen. In drei Minuten öffne ich die Haustür, dann musst du nicht unten warten."

Das lässt du dir nicht zweimal sagen. Du gehst auf direktem Weg zum Haus Nummer sieben, vorbei an anderen Hochhäusern und den Zufahrten zu den unterirdischen Parkhäusern. In der Nähe rauscht die Autobahn.

Der Öffner an der Haustür summt bereits. Du stößt die Tür auf und schlüpfst in den Flur.

Schnell blickst du dich um. Hat dich jemand beobachtet? Es ist niemand zu sehen.

Schnell kramst du deine Minikamera aus dem Rucksack und befestigst sie direkt über der Haustür. Dann läufst du die Kellertreppe runter und versteckst dich in einer dunklen Ecke. Hastig klemmst du dir dein *Headset* hinters Ohr. „Kannst du was sehen?“, flüsterst du.

„Yep! Hab ein klares Bild“, bestätigt Tec.

„Gut, dann fahr ich jetzt hoch.“

„Silent bleibt bei dir. Ich behalte den Hausflur im Auge. Sobald Dogmaster das Treppenhaus betritt, gebe ich dir Bescheid. Mach dich dann sofort aus dem Staub, okay? Viel Glück!“

Nun muss alles ganz schnell gehen. Deine Freunde haben dir ein Zeitfenster von zehn Minuten gegeben, um die Wohnungstür aufzuknacken, Dogmasters gesamten Festplatteninhalt auf den Speicherstick zu kopieren und wieder zu verschwinden.

Du schleichst dich in den Aufzug und drückst die Taste „12“. Die Tür schließt sich. Der Fahrstuhl fährt hoch und du steigst aus. Und lauschst. Im Hausflur ist es ruhig. Nur ganz leise dudelt irgendwo Musik.

Du hältst dein Ohr an Dogmasters Wohnungstür. Nichts zu hören. Du klingelst. Niemand öffnet – umso besser.

Du holst einen dicken Schlüsselbund aus dem Rucksack, an dem Dutzende von Schlüsseln klimpern. Vorsichtig schiebst du einen Kopierschlüssel ins Zylinderschloss und ziehst ihn wieder raus. Er zeigt dir, wie die Zylinder im Schloss angeordnet sein müssen. Du vergleichst das Muster mit den Schlüsseln an deinem Ring. Schnell hast du die aussortiert, die nicht infrage kommen.

Lies weiter bei 32

32

Du wählst den einfacheren Weg: den offiziellen Besucheraufzug. Das Abenteuer, das dir bevorsteht, wird dich schließlich noch genug Kraft kosten. An der Kasse kaufst du dir eine Eintrittskarte und fährst danach hoch zur Aussichtsplattform. Als du aus dem Aufzug steigst, checkst du blitzschnell die Lage.

Von hier aus führt eine Treppe noch mal eine Etage höher zum Telecafé, dem höchsten Restaurant Berlins. Und es gibt zwei Türen: Eine ist nur für Mitarbeiter des *Fernsehturms* erlaubt, die andere ist ein Notausgang, der nur bei Feueralarm benutzt werden darf.

Um nicht aufzufallen, mischst du dich unter die Touristen und gibst vor, auf die Hauptstadt runterzugucken.

Dein wahres Interesse gilt allerdings einzig und allein den beiden Türen. Laut Plan bringt dich die eine zum Technik-Bereich. Genau dorthin, wo sich der Wartungsraum befindet und hoffentlich auch der *Transceiver* der Codepirates.

Dann ist sie plötzlich da, die Gelegenheit. Auf der anderen Seite der Plattform fährt ein Heißluftballon vorbei. Der ganze Touristenpulk fotografiert begeistert. Niemand achtet auf dich. Du zögerst nicht lange und drückst eine Türklinke runter.

Du schlüpfst durch den Notausgang.
Lies weiter bei **47**

Du schlüpfst durch die Mitarbeitertür.
Lies weiter bei **10**

33

Nach einer Weile reißt dir der Geduldsfaden.

„Durch die Tapete hindurchschauen, so ein Quatsch. Ich erkenne nichts“, fauchst du Tec an. „Sag’s mir einfach.“

„Lasst mich mal probieren.“ Silent ist voller Bewunderung über das trickreiche Versteck. „Du musst aber die Kamera ganz still halten.“

Und so starrst du zur Wand und wartest ungeduldig auf ihre Lösung.

„Ah!“, ruft sie. „Jetzt sehe ich die Tür und zwei Ziffern im Muster der Tapete. Es ist die Zahl ‚73‘.“

„Genau“, sagt Tec. „Das hab ich auch erkannt.“

Dich ärgert es ganz schön, dass du nichts gesehen hast, aber nun gut, wozu hat man schließlich Freunde. „Alles klar. Danke, ihr beiden.“

„Gern geschehen.“

Lies weiter bei **73**

34

Mit butterweichen Knien kletterst du das letzte Stück am Gerüst hoch und erreichst den Hotknot.

„Achtung“, warnt Silent plötzlich. „Versteck dich! Ein Flugzeug.“

Du schreckst herum. Da entdeckst du die kleine Propellermaschine. Sie fliegt direkt auf dich zu.

Schnell gehst du hinter der großen Antennenschüssel in Deckung. Einige Male umkreist das Flugzeug den *Fernsehturm*. Es hat Touristen an Bord. Schließlich dreht es ab und knattert davon.

Endlich bist du wieder allein. Lange musst du nicht nach dem *Transceiver* der Codepirates suchen. Er versteckt sich direkt hinter dem Hotknot. Die Graffitis an der Rückwand der Sendeschüssel verraten seine Herkunft. Die Codepirates haben sich aber nicht nur mit ihrem gelblila Logo verewigt. Silent versucht die Schrift des zweiten Graffiti zu entziffern. Es ist ein Name.

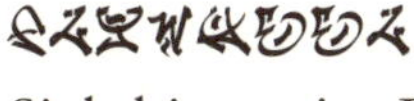

Sieh hinten im Buch unter der Überschrift „Berliner Graffiti-Sprayer“ nach. Wenn sich dieser Name in der Liste befindet, kreise die Zahl dahinter ein. Wenn du den Namen nicht entziffern kannst, hilft dir das „Schrift-Alphabet der Codepirates“ hinten im Buch weiter.

„Und wie können wir jetzt überprüfen, ob dieses Ding wirklich der Grund für den ganzen Ärger ist?“, fragst du deine Freunde.

„Ich logg mich ins aktuelle Fernsehprogramm ein“, schlägt Silent vor. „Oder ins Internet. Und wenn da im Augenblick keine Unterbrechung stattfindet, rufe ich jemanden an. Irgendwo gibt es sicher gerade eine Störung durch die Codepirates. Du kappst jetzt die Verbindung mit dem *Transceiver* und dann sehen wir ja gleich, ob was passiert.“

„Gut, alles klar“, erwiderst du und ziehst dein Allzweck-Taschenmesser aus der Hosentasche. Damit schraubst du den *Transceiver* ab.

„Läuft gerade was von den Codepirates?“, fragst du nach.

„Bingo. Im Internet. Meine Privatseite ist ein einziges gelbes Logo. Los, beeil dich.“

„Gut, ich schneide jetzt die Anschlusskabel durch.“ Zwei gezielte Schnitte – und du wartest gespannt.

„Fantastisch“, ertönt plötzlich Silents begeisterter Schrei. „Jetzt haben wir den Spieß umgedreht. *Wir* haben die *Codepirates* unterbrochen, gut gemacht!“

„Yes!“, freust du dich mit ihr.

Auf einmal zuckst du zusammen. Glas zersplittert. Einige Meter unter dir fliegen glitzernde Scherben in hohem Bogen davon. Du siehst eine dunkle Gestalt, vermummt unter einer Kapuze. Sie klettert rasant auf dich zu. Es ist ein Codepirate. Er bewegt sich so geschickt zwischen den Querstreben des Gerüsts am Turm, als würden für ihn die Gesetze der Schwerkraft nicht gelten. Er hangelt sich empor, als hätte er sich nie anders fortbewegt.

Wie gebannt siehst du auf ihn herunter. Der Codepirate hingegen schaut kaum zu dir nach oben. Krampfhaft verbirgt er sein Gesicht vor dir.

Du solltest abhauen. Aber wohin sollst du schon fliehen?

So wie er klettert, ist er dir hier auf dem Antennenträger haushoch überlegen. Willst du wirklich kampflos aufgeben?

Nein. Den winzigen *Transceiver* hältst du fest umschlossen in der Hand. Um keinen Preis wirst du ihn wieder rausrücken.

Blätter die Buchecken wie bei einem Daumenkino durch und stoppe an einer beliebigen Stelle. Die Augenzahl entscheidet bei welchem Textabschnitt das Abenteuer weitergeht.

Augenzahl 2, 4 oder 6.
Lies weiter bei **51**

Augenzahl 1, 3 oder 5.
Lies weiter bei **15**

35

Du verstaust dein Werkzeug im Rucksack, wagst dich aus dem Gebüsch und preschst über die Wiese. Schon hast du die ersten Häuser hinter dir gelassen, es ist nicht mehr weit bis zum Patrol-Point.

Und auf einmal jagt ein Schäferhund hinter dir her. Offensichtlich hat Dogmaster dich vom Balkon aus gesehen und seinen Hund auf dich gehetzt.

Vor Überraschung gerätst du ins Stolpern und fällst der Länge nach ins weiche Gras. Schnell rappelst du dich auf. Ein heftiger Stich zieht durch dein Fußgelenk. „Nein“, jammerst du. „Auch das noch.“ Trotz der Schmerzen rennst du weiter.

Ein wütendes Bellen lässt dich herumfahren. Der Abstand zwischen dir und dem Köter wird immer kleiner. Du kannst nicht mehr. Und während du weiter an den Wohnsilos vorbeihastest, kommt dir eine verzweifelte Idee. Der Plan ist nicht besonders durchdacht, aber im Moment kannst du kaum einen klaren Gedanken fassen.

Du visierst die nächste Hauswand an, raffst alle deine Kräfte zusammen, springst hoch zum sichtgeschützten Balkongeländer der Erdgeschosswohnung und kauerst dich dahinter. Schwer atmend hockst du da und reibst deinen schmerzenden Fuß. Wenn du nur einen Wunsch frei hättest, würdest du dich auf der Stelle wegzaubern.

Plötzlich raschelt etwas im Gras. Es ist Dogmaster. Er hat euch eingeholt. Auch er ist ziemlich außer Atem. Und sein Hund springt kläffend am Balkongeländer hoch. Der Codepirate packt das Geländer, bereit zum Sprung. Du machst dich noch kleiner.

Auf einmal öffnet sich die Balkontür. Heraus kommt eine grauhaarige alte Dame.

Du sitzt da wie versteinert. Jetzt bist du geliefert! Mit großen Augen starrst du sie an. Aber sie scheint dich gar nicht zu sehen.

Als wärst du Luft, stellt sie eine Gießkanne ab und beugt sich verwundert über das Geländer. „Huch, dein schöner Hund mag meine Miezi nicht."

Dogmaster hat Abstand genommen. Er klingt irritiert: „Äh, eigentlich sind ihm Katzen ziemlich egal …"

Im selben Moment schleicht auf leisen Pfoten ein schwarzes Kätzchen um die Frau herum. Sie nimmt es hoch auf ihren Arm.

Dogmasters Stimme klingt nun völlig verblüfft. „Ist hier nicht gerade jemand vorbeigelaufen?"

Die alte Dame schüttelt den Kopf. „Das hätte ich gesehen. Ich habe grad meine Begonien gegossen."

„Komisch …" Dogmaster schweigt. Er scheint zu überlegen. Schließlich ruft er: „Komm, Pavlo!" und pfeift nach seinem Hund.

Einen kurzen Moment wartest du, bevor du aus deinem Versteck hervorlugst. Der Codepirate und sein Hund machen sich davon. Dogmaster hat deine Jacke in der Hand. Jetzt wird dir auch klar, warum dich der Hund wittern konnte. „Verdammt", fluchst du leise vor dich hin.

„Und?“, fragt die alte Dame neugierig. „Willst du mir verraten, was du ausgefressen hast?“

„Ich?“ Du bist völlig perplex.

Sie sieht sich um und lächelt verschmitzt. „Außer mir und Miezi bist du der Einzige hier auf dem Balkon.“

„Ach, das ist ein Idiot aus meiner Schule. Ich hab ihn gerade dabei erwischt, wie er einen Mülleimer in Brand setzen wollte und jetzt hat er Angst, dass ich ihn verpfeife.“ Du lächelst sie an. „Danke, dass Sie mich nicht verraten haben.“

Die alte Dame ist empört. „Einen Mülleimer anzünden? Das ist ja kriminell! Wir müssen den Wachmännern am Patrol-Point …“

„Ist ja nichts passiert“, unterbrichst du sie schnell. „Machen Sie sich keine Sorgen! Ich muss jetzt los, danke noch mal!“

„Er ist zurück ins Haus gegangen“, teilt dir Tec mit, der weiterhin das Treppenhaus im Auge behalten hat. „Sieh zu, dass du verduftest.“

Du springst über das Balkongerüst runter auf den Rasen. Beim Aufkommen verziehst du das Gesicht. Noch immer spürst du ein leichtes Ziehen im Fuß.

„Komm mich mal wieder besuchen“, ruft dir die alte Frau hinterher.

Nicht nur du selbst bist erstaunt über den sonderbaren Vorfall. Auch Tec ist verwundert: „So ein Glück wie du möchte ich auch mal haben."

Lies weiter bei 65

36

„Ein Salamibrötchen, bitte!"

Die mürrische Verkäuferin packt dir das Brötchen in eine Tüte und kassiert ab. So, die kurze Wartezeit hat sich gelohnt. Wenn dir der Einbruch glückt, brauchst du mit Sicherheit eine Stärkung. Und wenn er dir nicht glückt, erst recht. Du verstaust die Tüte im Rucksack und machst dich auf den Weg.

Speicher das Kürzel „SB6" in deinem Pocket-PC!

Lies weiter bei 31

37

Sieh dir die Platine des *Transceivers* an. Zwei der Kontakte auf der linken Seite sind über das Display auf der rechten Seite miteinander verbunden. Sie bilden einen Stromkreislauf und bringen das Display zum Leuchten. Welche zwei Kontakte sind das?

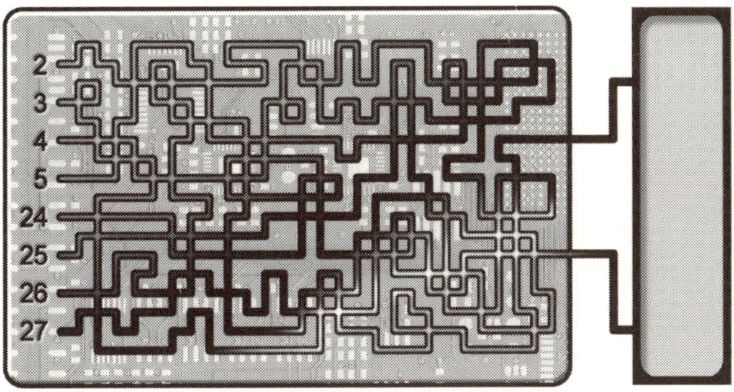

Multipliziere die Zahlen der beiden richtigen Kontakte miteinander. Das Ergebnis führt dich zum nächsten Textabschnitt.

Du brauchst dringend Hilfe.
Lies weiter bei **19**

38

„Mann, bin ich froh, dass ich die Kletterausrüstung mitgeschleppt habe! Zum Glück hast du mir das noch gesagt.“

„Was glaubst du, wie froh ich erst darüber bin“, meint Tec trocken.

Da es nicht das erste Mal ist, dass du einen Bergungsgurt anlegst, geht das Umschnallen schnell vonstatten. Du zurrst die Riemen fest, setzt den Sturzhelm auf und befestigst den Karabinerhaken am Kran. Und da dir dein Leben äußerst lieb und teuer ist, kramst du Tecs Miniwinde raus und klammerst sie zusätzlich am Kran fest.

„Gute Idee, sicher ist sicher …“, sagt Silent.

Du musst trotz deiner Anspannung grinsen: „Ich dachte eher daran, mir hinterher die Schufterei zu ersparen. So kann ich mich raufziehen lassen und brauch nicht selbst wieder hochzuklettern.“

Deine Freunde müssen lachen. Im nächsten Moment sind sie wieder völlig ernst.

Dein Blick streift ein letztes Mal über die Dächer von Berlin, dann näherst du dich zögernd dem Rand der Plattform. Ein paar Sekunden lang schließt du die Augen. Du atmest tief durch und besinnst dich auf dein Ziel. Dir darf kein einziger Fehler passieren.

Doch im selben Augenblick erfasst dich eine heftige Windböe. Ein Leichtgewicht wie du hat keine Chance, ihrer enormen Stärke standzuhalten. Du kannst nichts dagegen tun, alles geht einfach viel zu schnell. Ihre Kraft überrumpelt dich so sehr, dass du das Gleichgewicht verlierst und über den Abgrund rutschst.

„Nein“, ruft Silent, während du nach unten rauschst. Wie sehr du dich auch bemühst, am Seil Halt zu finden, es hilft nichts. Und so rast du ohne Kontrolle in die Tiefe. Ein kurzer Fall, dann fährt ein schmerzhafter Ruck durch deinen Körper. Ein gellender Aufschrei.

Aber das Seil trägt dich. Kopfüber baumelst du viele hundert Meter über der Erde. Dein ganzes Blut schießt dir in den Kopf. Für den Bruchteil einer Sekunde bleibt dir die Luft weg. Dir wird schwarz vor Augen. Viele Tausend Sternchen kreisen um deinen Kopf.

Doch der Spuk ist schnell vorüber. Allmählich kommst du wieder zur Besinnung. Du begreifst, was mit dir geschehen ist und dir wird klar, dass es dir gut geht. Wenn du nicht die Kletterausrüstung angelegt hättest … Du magst gar nicht darüber nachdenken.

Stattdessen besinnst du dich auf deine Lage, betrachtest kurz die Miniwinde in deiner Hand und drückst auf einen der drei winzigen Knöpfe. Tecs Wunderwerkzeug zieht dich sanft aufrecht. Du greifst nach dem stabilen Kletterseil und klammerst dich daran fest. Einen Augenblick verweilst du in dieser Haltung, um neue Kraft zu schöpfen.

„Bist du verletzt?“, fragt Silent besorgt.

Du bist wie gelähmt. Mit schwacher Stimme antwortest du: „Ich … ich glaube, es … es ist alles in Ordnung.“

„Willst du abbrechen?“ Tecs Stimme klingt zittrig.

„Abbrechen?“ Plötzlich ist all deine Kraft wieder da. Heftig schüttelst du den Kopf. „Kommt nicht in die Tüte. Jetzt, wo ich fast am Ziel bin?“

Deine Freunde sehen es offenbar ähnlich. Sie schweigen.

„Wo bist du jetzt?“, will Silent wissen. Du richtest dein *Headset* auf das Gerüst des Antennenträgers, damit sie sich auf ihrem Monitor einen Überblick verschaffen kann. „He“, ruft sie plötzlich mit heller Stimme. „Siehst du die graue Schüssel über dir?“

Du legst den Kopf in den Nacken. „Ja. Was ist damit?“

„Darf ich vorstellen? Der Hotknot!“

Tec lässt einen Freudenschrei los. „Cool, du hast es geschafft!“

„Na endlich“, rufst du und versetzt das Kletterseil vorsichtig in leichte Schwingung. Immer weiter näherst du dich dem Gerüst und schließlich kannst du es packen. Mit beiden Händen ziehst du dich ran und steigst hinüber.

Lies weiter bei 34

39

Von deiner Kabine aus beobachtest du, was passiert. Der Schäferhund trottet zum Schaufenster. Er stellt sich auf die Hinterbeine, stützt seine Vorderpfoten in der Auslage ab und sieht neugierig nach draußen. DJ One und Dogmaster ziehen sich beide mit einem Becher Kaffee an den Schreibtisch zurück. Sie verschwinden aus deinem Blickfeld. Und du auch aus ihrem. Das ist die Gelegenheit.

Du ziehst den Vorhang der Kabine auf und schmeißt das T-Shirt in irgendein Regal. Keiner der anderen Kunden nimmt Notiz von dir. Auch der Hund beachtet dich nicht: Er scheint auf der Straße gerade irgendetwas unheimlich Aufregendes zu beobachten, sein Körper ist angespannt und es interessiert ihn kein bisschen mehr, was hinter seinem Rücken im Laden vor sich geht.

Binnen Sekunden hast du die Türklinke in der Hand. Jetzt gibt es kein Zurück mehr. Du reißt die Tür zum Privatbereich auf, schlüpfst durch und schließt sie sachte hinter dir.

Lies weiter bei 42

40

Das Mädchen lässt es geschehen. Der *Transceiver* scheint ihr im Moment ziemlich egal zu sein. Sie hat nur ein Ziel: wieder festen Boden unter ihre Füße zu bekommen. Du nimmst den *Transceiver* und das Mädchen zieht sich mit beiden Händen hoch. Kaum steht sie wieder auf ihren Füßen, zaubert sie eine *Kanne* aus ihrer Kapuzenjacke hervor und versucht, dir Farbe ins Gesicht zu sprühen. Schnell duckst du dich unter ihrer Sprühattacke weg.

Auf einmal donnert ein Rettungshubschrauber über euch. Einige hundert Meter entfernt dreht er ab und kommt zurückgeflogen. Hat der Pilot euch gesehen? Er braust direkt auf euch zu. Wie gebannt hängt ihr am Gerüst des Antennenträgers und starrt dem Hubschrauber entgegen.

„Was ist denn los?“, hörst du Tecs Stimme. Das bringt dich wieder zur Besinnung. Schnell versteckst du dich hinter der nächsten Antennenschüssel und machst dich für den herannahenden Piloten unsichtbar. Das Mädchen dagegen steht da wie auf dem Präsentierteller. Sie wirft dir einen verächtlichen Blick zu und macht sich dann in Windeseile davon.

„Achtung“, schallt es auf einmal durch ein Megaphon herunter. „Bleiben Sie stehen!“ Du linst um die Ecke.

Aber der Hubschrauber schwebt nicht auf deiner Höhe in der Luft. Er scheint den Codepirate zu suchen. Von dem Mädchen ist jedoch keine Spur mehr zu sehen.

Wenige Augenblicke später dreht der Hubschrauber ab und rauscht davon.

Lies weiter bei ***77***

41

Du suchst den Schlüssel mit dem Anhänger „DJ One“ aus deinem Rucksack, den du aus Dogmasters Wohnung hast mitgehen lassen. Dann wirfst du einen kurzen Blick über deine Schulter. Niemand beobachtet dich. Du steckst den Schlüssel ins Schloss und drehst. Tatsächlich – die Tür springt leise auf. Sofort ziehst du sie wieder zu. „Perfekt! Der Schlüssel passt. Aber ich will lieber erst mal checken, ob jemand da ist.“

Du drückst auf DJ Ones Türklingel. Keine Reaktion. Zur Sicherheit ein zweiter Versuch, diesmal klingelst du Sturm. Niemand da.

Die Luft scheint rein. Schnell schließt du auf und schleichst dich hinein.

Lies weiter bei 93

42

Geschafft. Hoffentlich hat dich keiner beobachtet. Du wartest einen Moment. Wenn jetzt jemand hinter dir hergelaufen kommt, kannst du dich immer noch damit rausreden, dass du auf der Suche nach einer Toilette warst. Doch es taucht kein Mensch auf. Erleichtert atmest du durch.

Lies weiter bei 93

43

„Ist total einfach. Miss den Abstand von der Spitze des Kranauslegers bis zur gestrichelten Linie mit einem Lineal aus. Anschließend vergleichst du diese Länge mit den zehn unterschiedlich langen Seilen auf der rechten Seite. Wenn du kein Lineal dabeihast, nimm einen kleinen Zettel und falte ihn auf die entsprechende Länge zurecht. Das geht genauso gut."

Lies weiter bei 98

44

„Warte", sagt Tec. „Siehst du die Leitung mit der Nummer ‚12'?"

„Ja!"

„Die kannst du beruhigt durchtrennen, weil alle Lämpchen, die sie mit ihrem Stromfluss berührt, auch durch die Leitung mit der Nummer ‚2' mit Strom versorgt werden. Die letzten beiden findest du selbst heraus. Guck dir einfach die Leitungen an, die den Nothalt-Baustein direkt berühren."

Lies weiter bei **90**

45

Mit Silents Programm hast du dich bereits ganz nah an den Zugangscode heran*gehackt*. Dir fehlt nur noch die letzte Zeile. Wenn du die Reihe logisch fortsetzt, erhältst du die richtige Kombina-

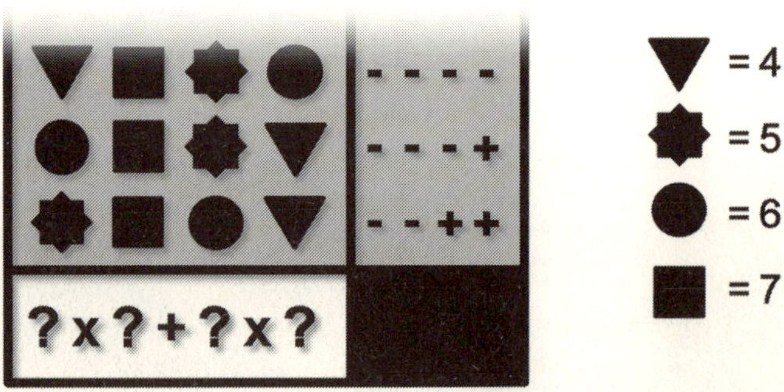

tion. Ein Plus in der rechten Spalte bedeutet, dass das Symbol in der linken Spalte an der richtigen Stelle steht. Ein Minus bedeutet, dass das Symbol in der linken Spalte nicht an der richtigen Stelle steht.

Hast du die richtige Reihenfolge ermittelt? Dann ersetze die Symbole durch die dazugehörigen Zahlen und löse die Rechenaufgabe in der Ergebniszeile. Das Ergebnis der Rechenaufgabe führt dich zum nächsten Textabschnitt. Achtung: Beachte die Punkt-vor-Strich-Regel!

Du brauchst dringend Hilfe. Silent muss helfen.
Lies weiter bei 25

46

Mit Mühe und Not kramst du den Hundeball aus deinem Rucksack. Der Schäferhund erkennt sein Spielzeug sofort wieder. Überglücklich wedelt er mit dem Schwanz und springt hoch, um danach zu schnappen.

Hastig flüsterst du: „Auf los geht's los, hol den Ball!" Schwungvoll rollt das Spielzeug unter dem Vorhang durch, weit in den Laden hinein. Der Hund schießt hinterher.

Schnell wirfst du einen Blick zu DJ One und Dogmaster. Haben sie was bemerkt? Nein. Sie sind in den PC vor ihrer Nase vertieft.

Das ist deine Gelegenheit. Schnell reißt du den Vorhang auf und hastest zur Privattür.

Dogmasters Schäferhund apportiert den Ball und tapst dir fröhlich hinterher. Du machst die Tür auf, schließt sie schnell wieder hinter dir zu und lehnst dich erleichtert mit dem Rücken dagegen. Das war doppeltes Glück: Dogmaster hat von dem ganzen Theater nichts mitgekriegt und du bist gerade noch so dem aufdringlichen Tier entkommen.

Lies weiter bei 42

47

Schnell machst du die Tür hinter dir zu und lehnst dich mit dem Rücken dagegen.

„Wo bin ich denn hier gelandet?", fragst du.

Nach dem Sonnenschein in der Aussichtskugel scheint der Raum, der vor dir liegt, stockdunkel.

„Hab grad den Plan vor der Nase. Vor dir müsste ein Gang sein. Er teilt sich ein paar Meter weiter", antwortet Silent. „Wenn du nach links gehst, landest du bei der Bergungsplattform. Geradeaus geht's zum Wartungsraum der Techniker."

Allmählich gewöhnen sich deine Augen an die Lichtverhältnisse. „Danke", flüsterst du und marschierst los. Du versuchst, möglichst geräuschlos aufzutreten. Aber das ist sehr schwierig, denn auf dem Stahlboden hallen deine Schritte erschreckend laut wider. Zum Glück scheint keine Menschenseele in diesen Gängen zu sein. Wie Silent gesagt hat, teilt der dunkle Weg sich tatsächlich nach wenigen Schritten.

Du biegst nach links ab, um die Bergungsplattform zu erkunden.
Lies weiter bei 53

Du gehst weiter geradeaus auf den Wartungsraum zu.
Lies weiter bei 86

48

Du öffnest die Luke in der Kabinendecke und siehst raus. Der düstere Schacht sieht alles andere als einladend aus. Ein gezielter Sprung, und du ziehst dich mit ganzer Kraft nach oben. Mit wackeligen Knien stehst du oben auf der Kabine. Eine schmale Notleiter führt hoch zur nächsten Etage. Du zögerst nicht lange und kletterst los.

Plötzlich hörst du ein Geräusch. Dir schwant Übles. Du starrst hoch. „Oh, nein!“, entfährt es dir. Es ist Dogmaster. Gerade mal drei Etagen über dir schiebt er die massive Stahltür zur Seite. Er hat offensichtlich eine Menge Kraft in seinen Armen.

Das ist dir Warnung genug, dich nicht von ihm erwischen zu lassen. Er sieht zu dir runter. Schnell wendest du dein Gesicht ab und kletterst wie angestochen abwärts. Die letzten Meter springst du und landest unsanft auf dem Dach der Aufzugkabine. Du steckst die Beine durch die enge Luke und lässt dich fallen.

Eilig verschließt du die Klapptür. Die Klettergeräusche draußen werden immer lauter. „So ein Mist, der Typ kommt tatsächlich hier runter.“

„Dann solltest du dich mal beeilen. Los, schließ den Nothalt kurz“, drängt dich Tec.

„Aber … das schaffe ich nie.“

„Na klar kannst du das, los, versuche es doch wenigstens.“

Lies weiter bei 20

49

Schnell steckst du das besabberte und zerbissene Hundespielzeug in deine Hosentasche.

Speicher in deinem Pocket-PC das Kürzel „HB46“.

Lies weiter bei 67

50

Deutlich kannst du hören, wie Dogmaster von oben die Treppen heruntergerannt kommt. Er gerät immer wieder ins Stolpern. Anscheinend riskiert er es sogar, sich den Hals zu brechen, nur um dich zu erwischen. Er muss wirklich stinksauer über deinen Einbruch sein.

Also nichts wie weg. Du reißt die Haustür auf und läufst los, als ginge es um dein Leben.

Lies weiter bei 65

51

So schnell gibst du dich nicht geschlagen. Schon gar nicht gegenüber einem Codepirate. Du nimmst samt Beute Reißaus und kletterst am Gerüst nach oben.

Aber mit seinem Klettergeschick ist dir der Sprayer einfach überlegen. Er hat dich im Nu aufgeholt, packt dich am Sweatshirt zieht dich zu sich runter auf eine kleine Zwischenplattform und entreißt dir den *Transceiver*.

Dein Auftrag droht zu scheitern. Du brauchst unbedingt diese Sendefrequenzen. Blitzartig fährst du rum. Der Codepirate springt zur nächsten Querverstrebung. Instinktiv hechtest du ihm nach. Sein Sprung missglückt. Er droht abzustürzen. Er kann sich in letzter Sekunde fangen und mit einer Hand am Gerüst festhalten. Dabei rutscht ihm die

Kapuze vom Kopf. Du staunst nicht schlecht, als du plötzlich in das Gesicht eines verängstigten jungen Mädchens siehst.

Sie hat ganz schwarze Haare. Und ein Piercing im linken Nasenflügel. Angestrengt hängt sie da, mit einer Hand am Gitter, in der anderen den *Transceiver*. Um sich retten zu können, muss sie das Gerät loslassen. Sie zögert. Wird sie das Ding in die Tiefe fallen lassen?

Du beugst dich herunter und versuchst, ihr den *Transceiver* aus der Hand zu nehmen.

Blätter die Buchecken wie bei einem Daumenkino durch und stoppe an einer beliebigen Stelle. Die Augenzahl entscheidet, bei welchem Textabschnitt das Abenteuer weitergeht.

Augenzahl 1 oder 3.
Lies weiter bei 13

Augenzahl 2, 4, 5 oder 6.
Lies weiter bei 40

52

Zu sehen ist das Innere eines Zylinderschlosses mit seinen vier Zylindern in Ruhestellung. Wenn ein Schlüssel hineingesteckt wird, drücken seine Kerben die Zylinder unterschiedlich tief nach unten. Welcher Schlüssel drückt mit seinen Kerben die vier Zylinder so weit runter, dass die weißen Markierungen auf den vier Zylindern eine durchgehende weiße Linie ergeben?

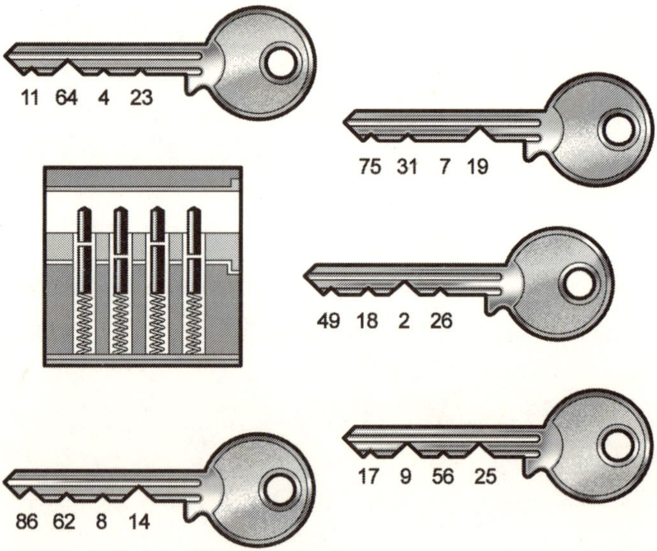

Unter den Kerben des passenden Schlüssels findest du vier Zahlen. Ziehe jetzt von der höchsten Zahl die drei niedrigeren Zahlen der Reihe nach ab. Das Ergebnis führt dich zum nächsten Textabschnitt.

Du brauchst dringend Hilfe.
Tec muss helfen.
Lies weiter bei 84

53

Je weiter du dich der Bergungsplattform näherst, desto mulmiger wird dir. Es wird nämlich nicht nur viel kälter hier oben, sondern auch so windig, dass es dir fast die Atemluft raubt. Und plötzlich stehst du im Freien. In schwindelerregender Höhe auf einer Plattform mit einem schmalen Geländer ringsum. Das wackelige Ding macht allerdings keinen besonders stabilen Eindruck. Du wagst es nicht mal, an den Rand zu treten und dich über das Geländer zu beugen, denn der Wind pfeift dir höllisch um die Ohren. Du glaubst, gleich abzuheben. Einen Augenblick lang breitest du die Arme aus. Doch im nächsten Moment gehst du in die Hocke.

Nur wenige Hundert Meter vom Turm entfernt knattert ein Propellerflugzeug vorbei. Plötzlich entdeckst du riesige Schränke an der Wand zum Turm. Sie sind nicht abgeschlossen. In jedem einzelnen Abteil liegt die gleiche Ausrüstung: ein Bergungsgurt, ein Sicherheitsseil mit Karabinerhaken und ein Sturzhelm.

Du machst eine wegwerfende Handbewegung. „Das brauch ich alles nicht“, sagst du und willst die Plattform verlassen.

Aber Tec hält dich zurück. „He, warte. Vielleicht solltest du eine Ausrüstung einstecken.“

Irritiert bleibst du stehen. „Warum?“

„Was, wenn du doch am Antennenträger rumklettern musst? Glaub mir, dann bist du froh, wenn du eine professionelle Ausrüstung hast.“

Das Wort Antennenträger hörst du überhaupt nicht gern. Du magst es nicht mal aussprechen. Und du hast keine große Lust, die ganze Zeit das schwere Kletterset mitzuschleppen.

Andererseits hat Tec schon Recht, wenn du eine Ausrüstung mitnimmst, sparst du dir im Fall des Falles den zeitraubenden Rückweg.

Du steckst die Kletterausrüstung ein.
Wer weiß, wofür du sie noch brauchst.
Lies weiter bei 2

Du lässt die Kletterausrüstung liegen.
Lies weiter bei 58

54

Der Bürgermeister ist schwer beeindruckt. Gleichzeitig kann er seine Verwunderung über das Ergebnis eurer Ermittlungen nicht verbergen. „Und so ein winziges Gerät hat für solch eine Unruhe gesorgt?"

„Ja", antwortet Silent. Ein kleiner Apparat verzerrt ihre Stimme und lässt sie blechern klingen. „Die Unterbrechungen im Netz funktionierten vollautomatisch. Die Codepirates haben Tag und Nacht einen Computer laufen lassen, damit er sich zu unterschiedlichen Zeiten über den *Transceiver* auf dem Funkturm ins Netz einloggen kann, um den Berlinern beim Fernsehen, Surfen oder Telefonieren auf den Wecker zu gehen. Nur so zum Spaß!"

„Unfassbar. Diese Verrückten! Aber dass Sie

die Identität der Täter nicht ermitteln konnten, ist schon etwas bedauerlich ..."

Ihr grinst euch an. Das war Teil des Paktes, den ihr mit den Codepirates geschlossen habt: Keine Sabotagen des Fernsehprogramms mehr, keine Störungen des Internetverkehrs und vor allem werden sie keiner Menschenseele etwas von eurem Geheimversteck erzählen. Dafür liefert ihr sie nicht ans Messer. Es wäre übertrieben, vom Beginn einer Freundschaft zu sprechen, aber die Codepirates waren ziemlich beeindruckt gewesen von eurer Arbeit. Und ihr hattet das deutliche Gefühl, dass sie sich nicht noch einmal mit euch anlegen werden.

Der Bürgermeister räuspert sich: „Nun, wie dem auch sei, ich danke Ihnen nochmals. Sie haben der Berliner Polizei eine Menge Arbeit abgenommen. Sobald es mal wieder brennt, melde ich mich bei Ihnen. Ich weiß ja, auf Sie kann ich mich immer verlassen. Einen schönen Abend."

„Danke." Auch Silent verabschiedet sich.

Du stehst ungeduldig an der Tür eures geheimen Verstecks. „Also, Leute, ich muss dann", rufst du in die Runde und greifst zur Türklinke.

Silent und Tec sehen dich erstaunt an. „Warum so eilig?", will Tec wissen.

„Äh“, stotterst du. „Hab was Dringendes zu erledigen.“

„Du?“ Silent und Tec glauben dir kein Wort.

Was soll’s. Du kannst deinen besten Freunden einfach nichts vormachen. Etwas verschämt rückst du mit der Sprache raus.

„Na ja, jetzt, wo endlich wieder Ruhe im Netz herrscht, kann ich doch endlich meinen Film zu Ende sehen. Ich weiß immer noch nicht, wie ‚Alienwinter‘ endet, wenn die Außerirdischen den Kampf gewinnen.“

Tec springt auf und grinst. „Cool! Ich komme mit. Das will ich auch wissen.“

Auch Silent wirft ihr *Headset* auf den Tisch und fragt: „Jemand was dagegen, wenn wir uns unterwegs mit Pizza und Cola eindecken?“

Tec schüttelt den Kopf. Und du findest ihren Vorschlag absolut genial. Begeistert rufst du: „Also dann, auf geht’s! Der Letzte macht das Licht aus!“

ENDE

55

Entschlossen donnerst du die Zementstufen runter und rein in den dunklen Gang. Auf der anderen Seite des Kellers kannst du Licht erkennen. Du folgst dem Gang, läufst die Treppe hoch ins Treppenhaus und landest wieder draußen auf der Straße. Dein Puls rast. Ein schneller Blick nach links. Dann nach rechts. „Da hinten läuft er“, rufst du. Auf der Stelle nimmst du die Verfolgung wieder auf. „Er läuft Richtung U-Bahn.“

„Okay“, antwortet Silent. „Ich komme dir entgegen.“

Der Codepirate scheint zu fliegen. Es kostet dich unglaublich viel Kraft, mit ihm mitzuhalten. Auf einmal wechselt er abrupt die Richtung.

„Achtung, Silent! Er flüchtet in eine Einkaufspassage“, keuchst du unter rasselndem Atem.

„Okay, ich bin gleich bei dir!“

Schon bist du in der marmornen Wandelhalle. Eine freundliche Lautsprecherstimme empfängt dich: „Herzlich willkommen! Wir wünschen Ihnen einen angenehmen Einkauf.“

Wo ist DJ One? Er ist wie vom Erdboden verschluckt. Eine breite Treppe führt hinauf in eine obere Etage, eine andere nach unten. Du lässt deinen Blick über die Menge der Menschen streifen. Doch vergeblich. Wahrscheinlich hat er sich unauffällig unter die vielen Leute gemischt.

Du versuchst dein Glück eine Etage höher.
Lies weiter bei **56**

Du versuchst dein Glück eine Etage tiefer.
Lies weiter bei **82**

56

Du wetzt die Treppe hoch und nimmst dabei zwei Stufen auf einmal. DJ One darf dir auf keinen Fall entkommen. Doch auf der oberen Etage ist keine Spur von dem Sprayer. Du guckst über das Geländer nach unten. Nichts.

Wütend drehst du dich um und schlägst mit der Faust gegen eine Marmorsäule. Und traust deinen Augen nicht: In der Schaufensterscheibe dahinter spiegelt sich eine Gestalt. Die Silhouette ist dir nur zu gut bekannt, mit dem Kapuzenpulli und der breiten Hose. In schwindelerregender Höhe hängt

DJ One am großen Kronleuchter unterm Passagendach. Ungläubig starrst du hoch.

„Ich bin jetzt in der Passage. Wo steckst du?“, ertönt im selben Augenblick Silents Stimme in deinem Ohr.

„Auf der oberen Etage. Aber guck lieber mal hoch zur Decke.“

„Der ist ja lebensmüde!“

„Ich hab langsam das Gefühl, das ist ein kleiner Psycho. Warte, ich komm zu dir.“ Du läufst die Treppe runter und stellst dich zu deiner Freundin.

„Und wie lange will er jetzt da oben bleiben?“, wundert sich Silent.

Im selben Moment schrillt ein ausgesprochen aufdringlicher Handyton durch die Passage. Einige Passanten drehen sich irritiert um. Dabei entdecken sie DJ One oben am Leuchter. Nervös zieht der Codepirate sein Handy aus der Hosentasche und stellt das Klingeln ab. Dabei rutscht es ihm aus der Hand, stürzt in die Tiefe und knallt auf dem Steinboden auf.

Sofort rennt Silent los und klaubt die einzelnen Teile zusammen. Triumphierend hält sie es hoch in DJ Ones Richtung und ruft: „Jetzt steht es eins zu eins.“

DJ One ist sichtlich schockiert über den Verlust

seines wertvollen Handys. Aufgeregt sieht er sich um.

„Was hat er vor?“, flüsterst du.

Doch da setzt der Sprayer zu einem Sprung an, schwingt sich hinüber zum Geländer der oberen Etage, stößt sich daran ab und ehe ihr euchs versehen, landet er vor Silents Füßen. Mit einem unverschämten „Verzeiht, Madame“ schnappt er sich das kaputte Handy und springt hinunter zur untersten Ebene.

Silent kommt als Erste wieder zur Besinnung: „Hinterher!“, zischt sie.

Ihr jagt die Treppe hinab, auf die untere Etage. Hier gibt es einen Ausgang zu einer Seitenstraße. Doch als ihr nach draußen stürmt, ist euch DJ One bereits entwischt. Weit und breit ist nichts von ihm zu sehen.

„So leicht gebe ich nicht auf“, faucht Silent. „Komm, wir teilen uns.“ Du nickst und rennst los.

Du läufst links die Straße entlang. Lies weiter bei **102**

Du läufst rechts die Straße entlang. Lies weiter bei **91**

57

Du ziehst die Wohnungstür leise hinter dir zu und schleichst im Treppenhaus eine Etage höher. Dort drückst du mehrmals hektisch auf den Aufzugknopf. Der Lift lässt sich unendlich viel Zeit. Endlich springst du hinein und drückst den Knopf nach unten. Dogmasters Schritte und das Hecheln seines Hundes werden immer lauter. Schon siehst du den Schäferhund um die Ecke schießen, da schließt sich die Aufzugtür. Du bist in Sicherheit. Das war knapp!

„Gut gemacht", flüstert Silent erleichtert.

„Ich weiß", antwortest du ihr mit einem übermütigen Grinsen.

Und plötzlich geht die Aufzugtür wieder auf, nur wenige Stock tiefer. Dogmaster muss die Taste im Vorbeigehen gedrückt haben!

„Mist!", fluchst du.

Im nächsten Moment kommt der Schäferhund die Treppe heruntergesaust. Seine Zähne sind gefletscht, sein Fell gesträubt und er hat ganz offensichtlich nur ein Ziel: Angriff! Starr vor Schreck stehst du da und rechnest dir blitzschnell deine Möglichkeiten durch.

Sieh in deinen Pocket-PC!

Wenn du ein „Salamibrötchen“ im Rucksack bei dir hast und es opfern möchtest, um den Schäferhund loszuwerden, dann multipliziere die Zahl hinter dem Buchstabenkürzel „SB“ mit 4. Das Ergebnis führt dich zum nächsten Textabschnitt.

Wenn du kein „Salamibrötchen“ bei dir hast oder es nicht für den Schäferhund opfern möchtest, dann lies weiter bei 69

58

Der starke Wind pfeift dir mächtig um die Ohren, Zeit die Bergungsplattform zu verlassen. In wenigen Augenblicken wirst du dein Ziel erreicht haben, den Wartungsraum der Techniker. Weit und breit ist niemand zu sehen. Im Laufschritt joggst du – ohne Rücksicht auf den Lärm, den du verursachst – durch den Gang.

Lies weiter bei 86

59

Die Eingabemaske verschwindet, der Desktophintergrund erscheint.

Ein flüchtiger Blick zur Uhr. Blut schießt dir in den Kopf. Fünf Minuten noch. Du steckst den Speicherstick in den *USB*-Anschluss und öffnest das Verzeichnisfenster. Du markierst Dogmasters Festplatte und ziehst sie mit dem Mauspfeil zum Speicherstick-Symbol. Das Lämpchen an deinem Stick leuchtet auf. Der gesamte Inhalt wird nun übertragen.

„Geschafft. Er kopiert.“ Du atmest auf. „Wie sieht’s bei Tec aus?“

„Alles ruhig da unten, sagt er.“ Silents Stimme klingt ganz entspannt.

„Mann! Der Typ hat vielleicht viel Zeug auf seiner Festplatte“, stöhnst du.

Nervös trommelst du mit den Fingern auf dem Tisch. Die Schublade des Computertisches steht einen Spalt offen. Du ziehst sie auf und wirfst einen Blick hinein. Doch es kommen nichts weiter als Graffiti-Zeichnungen zum Vorschein. Lauter Kritzeleien. Zahllose Versuche, irgendwelche Sprüche kunstvoll in Codepirates-Schrift umzusetzen, um sie dann irgendwann an Häuserwände oder U-Bahn-Waggons zu sprühen. Du blätterst durch die vielen Zettel.

Was ist das? Du fühlst etwas Hartes. Es ist eine Codekarte. Sie zeigt drei Quadrate. Jedes Quadrat ist wiederum in vier unterschiedlich gefärbte Dreiecke geteilt. Sieht interessant aus. Damit ließe sich ja so manches Schloss öffnen. Du grinst. Keine Frage, die Codekarte nimmst du mit.

Blätter die Buchecken wie bei einem Daumenkino durch und stoppe an einer beliebigen Stelle. Die Augenzahl entscheidet, bei welchem Textabschnitt das Abenteuer weitergeht.

Augenzahl 1, 2 oder 3.
Lies weiter bei 6

Augenzahl 4, 5 oder 6.
Lies weiter bei 8

60

„Äh, wie war das noch gleich?“, stammelst du.

Geduldig hilft Silent dir auf die Sprünge: „Also, auf der Taste mit der ‚1‘ steht kein Buchstabe. Also bleibt die ‚1‘ unverändert im Code. Der Buchstabe ‚S‘ stellt eine ‚7‘ dar, weil er unter der ‚7‘ auf der Tastatur steht.“

Du winkst ab. „Ach ja, jetzt weiß ich's wieder.“

„Und vergiss nicht, die Bindestriche sind Minuszeichen.“

Lies weiter bei **18**

61

„Los, über den Balkon“, ruft Silent.

Noch während du durchs Wohnzimmer rennst, suchst du deine Rettungswinde aus dem Rucksack. Du ziehst einen kleinen unscheinbaren metallenen Haken raus und trittst auf den Balkon. Dort kletterst auf das Geländer, hängst den Haken ein und klammerst dich am Griff fest. Ein kurzer abschätzender Blick in die schwindelerregende Tiefe. Dann stößt du dich ab. Im rasanten Tempo wickelt sich ein Stahlseil aus der Taschenwinde und befördert dich abwärts.

Wenige Sekunden später landest du sicher auf dem weichen Gras der Wiese und versteckst dich in einem dichten Gebüsch.

Mit zittriger Hand drückst du einen winzigen Knopf. Der Haken löst sich und fällt kurz darauf neben dir ins Gras, die Winde wickelt das Stahlseil auf. Vorsichtig linst durch den Strauch. Niemand scheint dein waghalsiges Abenteuer bemerkt zu haben.

„Los weiter“, treibt Silent dich an. „Du kannst da nicht bleiben. Er wird dich finden.“

Blätter die Buchecken wie bei einem Daumenkino durch und stoppe an einer beliebigen Stelle. Die Augenzahl entscheidet, bei welchem Textabschnitt das Abenteuer weitergeht.

Augenzahl 1, 3 oder 5.
Lies weiter bei 35

Augenzahl 2, 4 oder 6.
Lies weiter bei 79

62

Du raffst deine Kräfte zusammen, stemmst dich gegen die schwere Sicherheitstür und schlüpfst in den Antennenträger hinein. Laut pfeift der Wind um den Turm. Du kannst deutlich fühlen, wie der Turm hin und her schwankt. Der Antennenträger ist unglaublich hoch. Eine Leiter führt steil über mehrere Arbeitsebenen zu einer Luke, durch die man auf die oberste Plattform gelangt, wo die rot-weiß gestreifte Antenne steht. Dort musst du hin.

Also atmest du tief durch und kletterst los. Über winzige Fenster in der Wand kannst du nach draußen sehen. An dem Gerüst, das den Träger im Abstand von einem halben Meter umschließt, siehst du all die Satellitenschüsseln. Und eine davon ist der Hotknot.

Auf halbem Weg ertönt ein seltsames Geräusch, weit unter dir. Du hältst inne und siehst runter. War da nicht ein Schatten? Vielleicht hast du dich getäuscht.

Du kletterst weiter. Gelegentlich wirfst du einen Blick nach unten. Und ein Schreck fährt dir durch die Glieder. Wieder ist da ein Schatten. Diesmal bist du dir ganz sicher!

Schnell kletterst du zur nächsten Arbeitsebene und versteckst dich.

„Da unten ist jemand“ flüsterst du.

„Folgt dir jemand?“, fragt Silent.

„Ich weiß es nicht. Vielleicht ist es auch nur Zufall, irgendein Techniker. Aber sicher bin ich mir nicht.“ Vorsichtig spähst du nach unten. Nichts zu sehen. Schnell kletterst du wieder auf die Leiter bis ganz hoch zur Ausstiegsluke. Die Radkurbel, die die Luke öffnet, lässt sich nur sehr schwer bewegen. Doch mit aller Kraft schaffst du es und steigst nach draußen.

Oben weht dir so eine starke Böe entgegen, dass du es nicht wagst, dich hinzustellen. Stattdessen rutschst du auf die Knie und schaust dich um. Nicht weit von dir gibt es einen alten Lastenkran, mit dem früher die Antennenteile hochtransportiert wurden. Direkt neben dir sind einige Metallstangen befestigt. Du löst eine aus der Halterung und verriegelst die Luke damit. Jetzt fühlst du dich viel wohler, nun kann dich zumindest niemand mehr stören.

Dein Wohlbefinden hält jedoch nicht lange an – denn du riskierst einen Blick über den Rand hinaus in die Tiefe. Die Menschen sind winzig klein wie Ameisen. „Scheiße“, entfährt es dir.

„Pass bloß auf da oben“, murmelt Silent.

„Wie weit muss ich runter?“, willst du von deiner Freundin wissen.

„Nimm deinen Pocket-PC. Ich übertrage dir eine Seitenansicht. Darauf erkennst du die Lage des Hotknots. Der Plan wird dir dabei helfen, die Höhe zu bestimmen. Leider kann ich sie dir nicht exakt nennen. Du wirst sie selbst berechnen müssen.“

„In Ordnung“, antwortest du und schaltest den Pocket-PC ein. Silent startet die Übertragung.

„Ob meine Miniwinde mich aushält?“, fragst du Tec nervös.

„Ja, müsste sie eigentlich schon. Aber da oben pfeift ein ganz schöner Wind … Eine Kletterausrüstung wäre natürlich besser. Damit gehst du auf Nummer sicher. Oder du versuchst, den Haken des Krans so weit hinunterzulassen, dass du am Hakenseil herabklettern kannst. Das ist deutlich stabiler als das Seil deiner Miniwinde.“

Sieh in deinen Pocket-PC!

Wenn du eine Kletterausrüstung
in deinem Rucksack bei dir hast,
steht die Zahl, bei der das Abenteuer

für dich weitergeht, hinter dem Buchstabenkürzel „KA“.

Wenn du keine Zahl mit dem Kürzel „KA“ in deinem Pocket-PC gespeichert hast, lies weiter bei 4

63

Im Tapetenmuster verbirgt sich eine Zahl. Es ist der Zugang zu einer Geheimtür. Siehst du die Zahl?

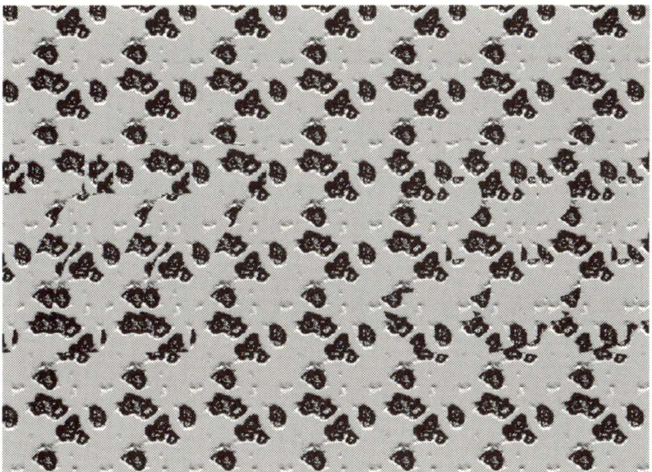

Die Zahl im Tapetenmuster führt dich zum nächsten Textabschnitt.

Du brauchst dringend Hilfe.
Lies weiter bei **80**

64

Du überlegst nicht lange und läufst zum linken Kellereingang, während Silent sich den anderen vornimmt. Du stürzt die Zementstufen runter und landest in einem Labyrinth aus finsteren Gängen. Die Tür, die ins Haus hochführt, ist abgeschlossen. Das wird Silent interessieren. „Die Tür ins Treppenhaus ist abgesperrt. Hier kann er nicht rausgekommen sein. Wie sieht's bei dir aus, Silent?“

„Nichts“, antwortet deine Freundin.

„Mist“, fluchst du und boxt wütend gegen die Wand. „Er ist uns entkommen.“ Doch plötzlich ertönt hinter dir ein Rumpeln. Du fährst herum. Es ist DJ One. Er reißt die Tür auf und rennt hinaus, du auf der Stelle hinterher.

„Er ist gleich wieder im Hof“, schreist du. Nur mit Mühe gelingt es dir, dem Sprayer auf den Fersen zu bleiben. Er rennt zurück zur Straße und überquert die Fahrbahn. Ein Auto rast auf ihn zu. Du erstarrst vor Schreck. Sieht er denn den Wagen nicht? Vor deinem geistigen Auge prallt er bereits gegen das Fahrzeug und fliegt wie ein Geschoss durch die Luft. Doch er hat Glück: Das Auto stammt aus einer neuen Bauserie und ist mit Hindernisdetektoren ausgestattet. Automatisch werden die Bremsen aktiv und der Motor schaltet sich ab. Die Räder stellen sich quer und bringen den Wagen zum Stehen.

DJ One kümmert sich nicht darum. Stattdessen stößt er sich beim nächsten Schritt ab, fasst mit dem Arm auf das Autodach, schwingt die Beine seitwärts hoch und rollt sich rücklings drüber hinweg und auf der anderen Seite wieder ab. Der Fahrer springt vor Schreck aus dem Wagen und sieht dem Codepirate fassungslos hinterher. Du dagegen läufst wenig spektakulär um das Auto herum und versuchst, seine Spur nicht zu verlieren.

Je öfter sich DJ One nach dir umdreht, desto überraschter ist er, dass du seiner Kondition standhalten kannst. Sein Gesicht wird bleicher. Aber wohin will er nur? Er irrt nicht mehr wahllos umher. Er hat ein ganz bestimmtes Ziel. Nur welches? Allmählich dämmert es dir. „Er will zur U-Bahn“, rufst du Silent über *TeamSpeak* zu.

„Gut, ich komme dir entgegen. Bin in der Parallelstraße. Lass ihn bloß nicht aus den Augen.“

Lies weiter bei **101**

65

Schnell weg hier. Der Gedanke an Dogmasters Schäferhund scheint dir Flügel zu verleihen. Du rennst und rennst. Erst als der Patrol-Point in Sichtweite ist, drosselst du das Tempo, um kein unnötiges Aufsehen zu erregen. Der Wachmann lässt dich ungehindert durch. Endlich erreichst du die rettende U-Bahn-Station.

26. MAI 2017, 15:02 Uhr,
KOLLHOFF-TOWER

„Was?“ Tec fällt aus allen Wolken. „Deine Jacke! Ich glaub’s nicht.“

Reumütig nickst du.

„Ist was in den Taschen, was uns womöglich

verraten könnte?“, hakt Silent nach. Sie ist zum Glück nicht ganz so aufgebracht.

Du überlegst fieberhaft und zuckst schließlich unsicher mit den Schultern. „Weiß nicht mehr genau.“

Tec läuft aufgeregt hin und her. Schließlich sagt er: „Tja, was soll’s, dann müssen wir uns jetzt eben umso mehr beeilen.“

Silent rutscht mit ihrem Stuhl näher an dich ran und legt eine Hand auf deine Schulter. „Lass den Kopf nicht hängen. Das hätte uns auch passieren können.“

Auch Tec lenkt ein. „Hey, du warst in der Klemme. Da kommt so was vor. Das bedeutet allerdings, dass wir von nun an höllisch aufpassen müssen. Wenn die Codepirates wissen, wer hinter dem Einbruch steckt, haben wir ein Problem. Aber im Moment sind wir ihnen ja noch um einiges voraus.“ Er streckt seine Hand aus. „Darf ich mal den Stick haben?“

Du kramst ihn aus deinem Rucksack.

„Der Hund“, sagt Silent auf einmal. „Er könnte dich wittern. Die Jacke trägt deinen Geruch.“

„Stimmt, so ein Mist.“ Das hast du ganz vergessen. „Ich werde ihm aus dem Weg gehen“, versprichst du dann halbherzig, obwohl du insgeheim genau weißt, dass es Situationen geben kann, in denen das unmöglich ist.

Deine Freunde nicken. Schließlich vertrauen sie dir. Und Tec widmet sich mit Feuereifer dem Speicherstick, auf dem sich die exakte Kopie von Dogmasters Festplatte befindet.

Silent dreht indessen ihr Notebook in deine Richtung. „Hier, guck mal. Das haben sie eben in den Nachrichten gebracht." Silent drückt auf die Abspieltaste.

Eine Sprecherin liest in sachlichem Ton eine Meldung vor: „Im gesamten Stadtgebiet wurden in der gestrigen Nacht an Häuserwänden, Brücken und U-Bahn-Waggons Graffiti-Sprühereien angebracht. Dargestellt wird das Logo der sogenannten ‚Codepirates'.

Fachleute sehen einen Zusammenhang mit den Sabotageakten des Fernsehens und des Internets, die in den letzten Tagen gehäuft aufgetreten sind und die die Berliner Bürger in Aufruhr bringen. Sicherheitsexperten rätseln noch, ob es sich um einen Virus mit kriminellem Hintergrund handelt oder ob die Störungen eher als harmlose, wenn auch ärgerliche Streiche anzusehen sind. Die zuständige Behörde tappt derzeit noch im Dunkeln. Der Berliner Bürgermeister hat jedoch in einem

Interview zugesichert, dass sich ein Expertenteam der Sache angenommen hat …“, bei diesen Worten strahlt Silent stolz in die Runde, „… und dass er mit einer baldigen Beendigung der Vorfälle rechnet.“

Tec schlägt sich der flachen Hand auf die Stirn. „Ich hätte es mir denken können.“ Entgeistert starrt er auf seinen Monitor. „Seht euch das mal an. Das ist der Bauplan für einen *Transceiver*. Wenn ich seine Funktion richtig verstanden habe, lässt sich über dieses unscheinbare kleine Ding ganz leicht alles Mögliche ins Mediennetz einspeisen: nervtötende Filme, bunte Graffiti-Bilder, kleine *Hack*programme, die deine Kommunikation manipulieren … Und wenn man eins und eins zusammenzählt, gibt es nur einen Ort, an dem die Codepirates den *Transceiver* installiert haben.“ Er macht eine dramatische Pause.

„Und?“, fragst du Tec. Du bist dir keineswegs sicher, ob du die Antwort wirklich hören willst.

„Am Hotknot von Berlin. Oben am Antennenträger des *Fernsehturms*.“

Du schluckst. Der Hotknot ist der Hauptempfänger der Berliner Kommunikationssatelliten und gleichzeitig die Sendestation für Fernsehen, Internet oder Telefon.

„Na ja, natürlich gibt es noch eine andere Möglichkeit“, fügt Tec hinzu. Hoffnung keimt in dir auf. „Vielleicht haben sie den *Transceiver* auch im Wartungsraum des Fernsehturms eingeschleust. Auch dort könnten sie gut ihre Sachen einspeisen. Nur würde man ihn da leichter entdecken.“

„Meinst du wirklich, die würden so einen gefährlichen Aufwand treiben?“, fragst du zweifelnd.

„Aber klar! Über diesen einen Hotknot ist ganz Berlin miteinander vernetzt. Es ist brillant, sich da einzuklinken, wenn man Leute ärgern will.“

Tec sieht dich erwartungsvoll an. Die entscheidende Frage steht im Raum. Also stellst du sie, obwohl du die Antwort eigentlich schon weißt. „Und, muss ich da jetzt wirklich hoch?“

Mitleidig nicken deine beiden Freunde.

Du stehst auf. „Gut, dann fahr ich also jetzt auf den *Fernsehturm* und suche nach diesem *Transceiver*, richtig?“

Tec nickt. „Richtig. Entweder, du findest ihn im Wartungsraum oder …“ Er zögert. „Nun ja. Direkt am Hotknot oben am Antennenträger. Und wenn du den *Transceiver* gefunden hast, wissen wir auch, wo sich die Codepirates verstecken. Im Gerät sind nämlich die Frequenzen der Sende-

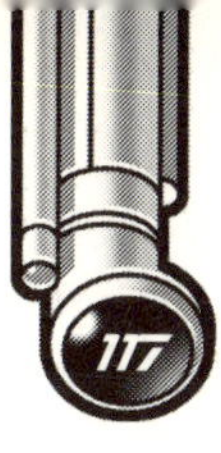

zentrale der Codepirates gespeichert. Dann haben wir nicht nur ihr Werkzeug, sondern auch ihr Versteck."

Silent loggt sich ins Internet ein und gemeinsam studiert ihr den Querschnitt vom *Fernsehturm*. Neben den Besucheraufzügen gibt es noch einen speziellen Aufzug für die Techniker. Wie es aussieht, kann man von allen Aufzügen aus zum Wartungsraum gelangen.

Plötzlich blitzt das Graffiti der Codepirates auf Silents Monitor auf. Drei vermummte Gestalten tanzen in Kapuzenpullovern zum Beat eines Rapsongs. Silent stöhnt und kappt ihre Internetverbindung.

„Mir reicht's", knurrst du entschlossen. „Ich mach mich auf die Socken." Du schnappst deinen Rucksack. „Die Rollerblades bleiben hier, Ballast kann ich da oben nicht gebrauchen. Ich fahre mit der U-Bahn."

Verschaffe dir, bevor es losgeht, einen groben Überblick über den Berliner Fernsehturm. Hinten im Anhang findest du einen Plan.

118

26. MAI 2017, 15:39 Uhr, BERLINER FERNSEHTURM

Ein wenig mulmig ist dir schon, als du die Eingangshalle des *Fernsehturms* betrittst. Am besten, du orientierst dich erst einmal. Die Besucheraufzüge hast du schnell gefunden. Doch …

„Wo ist der Technikeraufzug?“, fragst du.

Tec antwortet: „Tut mir leid, in meinem Plan ist nichts zu erkennen.“

„Okay. Dann sehe ich mich mal um.“

Etwas versteckt entdeckst du schließlich eine weitere Fahrstuhltür. „Nur für Bedienstete“, steht in großen Lettern auf einem Schild daneben.

Du überlegst. Vielleicht solltest du lieber mit einem der Besucheraufzüge nach oben fahren. Das wäre weniger gefährlich und den Wartungsraum wirst du schon irgendwie finden.

Du wagst es einfach und fährst mit dem Technikeraufzug hoch.
Lies weiter bei **87**

Du bist lieber vorsichtig und fährst mit einem Besucheraufzug hoch.
Lies weiter bei **32**

66

Es wird langsam eng für dich. Dogmaster kommt die Treppen heruntergestürmt. Gleich wird er da sein und der Hund hält dich hier in Schach. Mit jedem deiner beruhigenden Worte scheint er nur noch wütender zu werden. Er wittert deine Angst. Immer weiter drängt er dich zurück. Du spürst schon die Tür hinter dir. Weiter geht es nicht. Flucht ist zwecklos.

Doch plötzlich spürst du die Klinke in deinem Rücken. Jemand versucht ins Haus zu kommen. Eine Frau stemmt sich gegen die Haustür und tritt ein. Und das Unglaubliche geschieht! Die Frau hat ihren Hund dabei: eine höchst elegante Pudeldame. Von einer Sekunde auf die nächste bist du Dogmasters Schäferhund egal. Sichtlich entzückt beschnüffelt er die Hündin. Du nutzt die Chance, drängelst dich an der verdutzten Frau vorbei und ergreifst die Flucht.

Lies weiter bei 65

67

Auf einmal blickt DJ One an der Kasse von seiner Zeitschrift auf und guckt zu dir herüber. Schnell drehst du dich weg und siehst die bedruckten T-Shirts durch, die an einem runden Ständer hängen.

Deine Gedanken sind jedoch nur bei DJ One. Wieso ist er auf dich aufmerksam geworden? Denkt er vielleicht, dass du was klauen willst?

Da hörst du bereits seine Stimme hinter dir. „Hi, kann ich helfen?"

Du drehst dich um und ringst dir ein Lächeln ab. „Äh, ja, vielleicht", stotterst du. „Ich suche ein T-Shirt."

Er sieht dich etwas von oben herab an. „Tja, dann bist du hier ja schon mal richtig. Suchst du was Bestimmtes?"

Du zuckst mit den Schultern. „Nein, ist eigentlich …", du stockst, „… egal." Mist! Durchs Schaufenster siehst du Dogmaster mit seinem Hund über die Straße kommen, er läuft direkt auf den Laden zu.

„Egal?" DJ One ist irritiert. Er folgt deinem Blick.

Du gewinnst deine Fassung zum Glück schnell wieder und erklärst gelassen: „Hab gerade gedacht, dass der Typ da draußen ein alter Kumpel von mir ist.“

„Das ist Dogmaster. Uns beiden gehört der Laden hier.“ DJ One hebt eine Augenbraue. Du hast das Gefühl, dass er dich gerade gründlich abcheckt.

Du musst schleunigst verschwinden. Dogmaster darf dich hier nicht sehen. Und sein Hund darf dich auf keinen Fall wittern. Schnell winkst du ab und sagst möglichst beiläufig: „Ach so, dann hab ich ihn verwechselt.“

Schon betritt Dogmaster den Laden. Hastig schnappst du dir ein T-Shirt vom Ständer und fragst: „Kann ich das mal anprobieren?“

DJ One zeigt auf die Umkleidekabinen. „Ja, da vorne.“ Er sieht dir noch einen Moment nach, dann macht er sich davon, um seinen Freund zu begrüßen.

Du verziehst dich in die Kabine. Durch einen winzigen Spalt im Vorhang beobachtest du die beiden. Dogmaster stürzt sich auf die Kaffeemaschine, der Hund beschnüffelt derweil der Reihe nach die Kunden. Dogmaster und der Verkäufer unterhalten sich angeregt. Ob sie über den Einbruch im *Kollhoff-Tower* sprechen? Schade, dass du bei der lauten Musik nicht verstehen kannst, was sie miteinander reden.

Blätter die Buchecken wie bei einem Daumenkino durch und stoppe an einer beliebigen Stelle. Die Augenzahl entscheidet, bei welchem Textabschnitt das Abenteuer weitergeht.

Augenzahl 2, 4 oder 6.
Lies weiter bei 39

Augenzahl 1, 3 oder 5.
Lies weiter bei 74

68

„Egal“, ruft Silent. „Raus da!“

Du hörst schnelle Schritte im Treppenhaus. Ein aufgebrachter Hund bellt und kratzt an der Wohnungstür.

„Verdammt! Dogmaster ist auch gleich oben. Er darf dich auf keinen Fall erwischen“, ruft Silent. Dein Blick fällt auf das Hundespielzeug neben dem Körbchen. Vielleicht solltest du den Ball mitnehmen. Damit könntest du den Hund im Notfall ablenken.

Du schnappst dir den Hundespielball und steckst ihn ein.
Lies weiter bei 49

Du lässt den Hundespielball liegen.
Lies weiter bei 61

69

„Drück die Taste“, ruft Silent.

Du löst dich aus deiner Erstarrung und hämmerst wie wild auf die Erdgeschoss-Taste. Mit dem Rucksack drückst du die Hundeschnauze zurück, damit sich das Tier nicht in der zurauschenden Tür einklemmt. Dann schließt sich der Aufzug und der Hund ist draußen.

„Das war knapp“, kommentiert Silent deine gelungene Flucht.

„Ja und wie“, keuchst du. Jetzt kann dir nichts mehr passieren. Der Lift rast nach unten. Und wenn Dogmaster auch noch so sportlich wäre, er würde es nicht schaffen, dich jetzt noch einzuholen. Sein Hund auch nicht. Hoffst du zumindest.

Auf einmal hält der Fahrstuhl abrupt an. Du wirst gegen die Wand geschleudert.

„Verdammt“, platzt du entgeistert raus. „Er hat ihn gestoppt.“

„Wie das denn?“, staunt Silent überrascht.

„Weiß nicht.“ Du richtest deinen Blick hoch zur Decke der Kabine. „Hier ist ein Ausstieg. Wahrscheinlich will Dogmaster durch den Schacht zu mir herunterklettern. Dann sollte ich mich wohl besser vom Acker machen …“

Silent ahnt, was du vorhast. „Und wenn das Ding weiterfährt?“

„Hab ich eine andere Wahl?“, entgegnest du.

„Zum Beispiel könntest du den Nothalt kurzschließen“, schaltet sich Tec ein.

Du versuchst, den Nothalt kurzzuschließen.
Lies weiter bei 20

Du versuchst, über das Kabinendach rauszuklettern.
Lies weiter bei 48

70

Du legst dich flach auf den Bauch, robbst an die Kante der Plattform und siehst zum Haken herunter. Sachte schwankt er exakt auf Höhe des Hotknots. „Perfekt!“, rufst du begeistert. Deine Berechnung stimmte auf den Millimeter genau. Jetzt kannst du am Seil hinunterklettern und dich hinüber zum Gerüst schwingen.

Du holst deine Miniwinde aus dem Rucksack. Dann kletterst du auf den Kranarm und befestigst das kleine Stahlseil. So kannst du dich beim Rückweg einfach hochziehen lassen. Und eine zusätzliche Sicherung ist es auch.

Nun geht es los. Schritt für Schritt tastest du dich nach vorne, unendlich viele Meter über dem Abgrund. Deine Augen richtest du dabei starr auf das Metall direkt vor deinen Augen, damit dir nicht schwindelig wird. Schließlich erreichst du die Spitze und legst dich auf den Bauch, um das schmale Seil deiner Winde zu befestigen.

„Gut gemacht“, flüstert Silent. Du hauchst warme Luft auf deine Hände, klammerst dich fest und schwingst deine Beine rückwärts über die Spitze des Kranarms. Mit beiden Händen fasst du das Metallseil. Behutsam lässt du dich hinabgleiten. Dabei konzentrierst du dich allein auf das Gerüst des Antennenträgers und hoffst inständig, dass du bald den Haken unter deinen Schuhen spürst. Doch die Zeit scheint stillzustehen. Der Abstieg dauert eine Ewigkeit.

Plötzlich schreckst du zusammen. War da gerade jemand hinter einem der Fenster? Du schüttelst den Kopf. Muss Einbildung gewesen sein …

Im selben Moment beginnt das Seil zu schwanken. Mit ganzer Kraft presst du die Beine zusammen, um dich vor einem Absturz zu bewahren.

„Los, beeil dich“, ruft Tec. „Fast hast du es geschafft!“

Das lässt du dir nicht zweimal sagen. Du lockerst deinen Griff und rutschst den Rest des Seils in einem Stück hinab. Endlich hast du Halt unter deinen Füßen.

Du fixierst das Gerüst und machst dich zum Schwingen bereit. Auf einmal glitzert etwas im Metall vor deinen Augen. Eine Reflektion – aber woher kommt sie? Du wirfst einen kurzen Blick nach oben und erstarrst.

Ganz vorne an der Spitze des Krans hängt ein Codepirate. Wie ein Äffchen hat er sich festgeklammert – und macht sich gerade daran, mit

einem Bolzenschneider das Stahlseil des Krans durchzuschneiden!

„He, hast du sie noch alle?“, rufst du entsetzt. Doch er reagiert nicht. Und dir wird klar, dass du dieses Seil möglichst bald verlassen solltest.

„Schnell!“, ruft Tec.

Du konzentrierst dich und schwingst den Haken hinüber zum Gerüst. Mit beiden Händen greifst du danach und steigst rüber. Im nächsten Moment siehst du das durchschnittene Seil an dir vorbeipfeifen. „Geschafft“, schnaufst du erleichtert.

„Die sind echt verrückt, das war ja der reine Wahnsinn!“ Tec kriegt sich gar nicht mehr ein.

Silent hingegen ist schon wieder voll bei der Sache. „Über dir, die graue Schüssel“, ruft sie. „Das muss der Hotknot sein.“

„In Ordnung“, raunst du mit zittriger Stimme. Noch einmal blickst du nach oben. Der Codepirate ist schon wieder verschwunden. Wo ist er hin? Egal. Du musst schnell den *Transceiver* holen, bevor er dir zuvorkommt.

Lies weiter bei 34

71

Sieh dir den Kasten mit seinen fünfundzwanzig Leuchttasten an. Einige Tasten leuchten weiß, andere sind ausgeschaltet und sind deshalb schwarz. Wenn du eine ausgeschaltete schwarze Taste drückst, werden die benachbarten weißen Tasten darüber, darunter, rechts und links ebenfalls schwarz. Die benachbarten diagonalen Tasten bleiben unberührt. Nur wenn alle fünfundzwanzig Leuchttasten ausgeschaltet sind, ist die Sicherheitstür entriegelt.

Welche vier schwarzen Tasten musst du drücken, damit anschließend keine einzige Taste mehr weiß leuchtet?

Addiere die Zahlen der richtigen Tasten. Die Summe führt dich zum nächsten Textabschnitt.

Du brauchst dringend Hilfe. Silent muss helfen.
Lies weiter bei **11**

72

„DJ One betreibt aber einen ziemlich großen Aufwand, um seine Wohnung zu schützen. Sieht aus, als hätte er 'ne Menge zu verbergen. Ist ein ziemlich haariges Schloss. Aber das knacken wir schon." Silents Zuversicht beruhigt dich. „Zeig mal die Codekarte."

Einen Augenblick herrscht Stille in der *Team-Speak*-Leitung. Dann sagt Silent: „Farbige Felder überschreiben weiße Felder. Also: Guck dir zum Beispiel mal das linke Quadrat auf der Codekarte an. Ergibt es zusammen mit dem linken Quadrat aus der obersten Dreiergruppe mit der Nummer 17 das linke Quadrat auf dem Codekartenlesegerät?“

Du schüttelst den Kopf. „Nein, es passt nicht, weil das schwarze Dreieck im Codekartenlesegerät nicht unten, sondern oben platziert ist.“

„Richtig.“

Langsam verstehst du. „Bedeutet es, dass dann alle drei oberen Quadrate mit der Nummer 17 nicht richtig sind?“

„Genau. So kannst du es nachprüfen. Das schwarze Dreieck im rechten Quadrat ist rechts platziert, aber auf dem Codekartenlesegerät ist es das untere.“

Lies weiter bei 9

73

„Wow“, raunst du. Plötzlich stehst du in einem geheimen Zimmer. Wenn Silent nicht so aufmerksam gewesen wäre, wärst du glatt daran vorbeigelaufen. Eine Videokamera steht filmbereit auf einem Stativ. Die Poster im Hintergrund erkennst du auf einen Blick: Es sind die gleichen wie auf den Filmen, mit denen die Codepirates seit Wochen die Berliner Bürger nerven. Quer über die Zimmerdecke sind drei Namen gesprüht: Dogmaster, Flywheel und DJ One. Das sind sie also: die Codepirates.

Hinten in der Ecke des kleinen Zimmers versteckt sich eine Luke.

Du bist neugierig. Du willst wissen, was sich hinter der Luke verbirgt.
Lies weiter bei **73**

Du hast die Codepirates entlarvt und ihr Geheimversteck aufgespürt. Das sollte reichen als Tagewerk. Die Luke interessiert dich jetzt nicht mehr.
Lies weiter bei **16**

74

Auf einmal bleibt dir beinahe das Herz stehen. Der Hund muss dich gewittert haben. Er kommt direkt auf die Umkleidekabine zu. Ohne, dass du etwas dagegen tun kannst, schlüpft er unter dem Vorhang durch und springt an dir hoch, um dich mit einem nassen Hundekuss zu begrüßen. Du fuchtelst wild mit den Armen herum. Mit Hunden konntest du noch nie besonders viel anfangen. Kein Wunder, dass es dir nicht gelingt, das Tier wegzudrängen.

„Aus!“, zischst du böse. „Verschwinde!“ Der Hund gehorcht dir nicht. Er mag dich anscheinend. Aber du ihn nicht. Vor allem, wenn er deine Pläne durchkreuzt.

Sieh in deinen Pocket-PC!

Wenn du einen „Hundespielball“ im Rucksack bei dir hast, dann lies weiter bei der Zahl, die sich hinter dem Buchstabenkürzel „HB“ befindet.

Wenn du keinen „Hundespielball“ bei dir hast, dann lies weiter bei **26**

73

Die Lukentür ist zu. Gerade willst du nach dem Knauf greifen, da hält Tec dich zurück: „Halt, warte!“

Schnell ziehst du die Hand zurück. „Was ist los?“, fragst du erschreckt.

„Siehst du das Scharnier? Es sieht seltsam aus, findest du nicht auch?“

Du gehst näher ran, um es dir genauer anzusehen. Dabei entdeckst du einen Code im Metall: „LC9345“.

„Da ist ein Code“, flüsterst du.

„Ja, ich sehe ihn auch. Schreib ihn am besten gleich ab. Vielleicht kannst du ihn später noch brauchen.“

Du speicherst die mysteriöse Buchstaben-Zahlen-Kombination ab.

Speicher den Code „LC9345“ in deinem Pocket-PC!

Lies weiter bei **16**

76

Du rüttelst am Türgriff, aber die Tür ist abgeschlossen. Schade, dass es zu gefährlich ist, das Türschloss zu knacken. Ständig laufen Leute an der Hofeinfahrt vorbei. Nun gut, vielleicht gibt es ja vom Laden aus eine Möglichkeit, in die Wohnung zu kommen.

Du betrittst den gut besuchten Graffiti-Shop. Laute Musik dröhnt dir entgegen. Die Codepirates verkaufen Hip-Hop-Platten, Szene-Klamotten und Sprühdosen in allen nur erdenklichen Farben. Aufmerksam siehst du dich um.

In der Ecke des Verkaufsraums gibt es eine Tür, vermutlich führt sie zum privaten Bereich. In der anderen Ecke sind zwei Umkleidekabinen und hinter der Kasse dient ein abgetrennter Bereich als Büro. Auf einem unaufgeräumten Schreibtisch steht ein Computer. Das große Schaufenster geht auf die Straße hinaus.

Ein Typ in einem übergroßen Kapuzenpulli betritt das Geschäft. Er begrüßt den Verkäufer und nennt ihn DJ One.

„He, Leute, DJ One ist der Verkäufer hier. Viel kann ich allerdings nicht ausrichten. Der ganze Laden ist voller Kunden“, flüsterst du. „Außerdem kann ich mir sowieso nicht vorstellen, dass sie ihre Geräte hier verstecken. So leichtsinnig sind die nicht.“

„Aber wir brauchen unbedingt eindeutige Beweise. Sonst sehe ich meinen Pocket-PC nie wieder“, drängt dich Silent.

136

Du kannst den Frust deiner Freundin gut verstehen. „Vielleicht hab ich in der Wohnung mehr Glück“, schlägst du vor und hältst Ausschau nach Überwachungskameras. Du kannst nur eine entdecken, sie hängt direkt über der Kasse und ist auf den Verkaufsraum gerichtet. Das heißt, es müsste möglich sein, sich unbemerkt in die Privaträume zu schleichen. Hören wird das auf jeden Fall niemand, dazu ist die Musik viel zu laut. Du musst nur den geeigneten Zeitpunkt abpassen.

Du nimmst ein paar T-Shirts von der Stange und hältst sie dir an. Niemand achtet auf dich, du wirkst wie einer von vielen Kunden, ganz entspannt auf der Suche nach einem neuen Outfit.

Blätter die Buchecken wie bei einem Daumenkino durch und stoppe an einer beliebigen Stelle. Die Augenzahl entscheidet, bei welchem Textabschnitt das Abenteuer weitergeht.

Augenzahl 2 oder 4.
Lies weiter bei 67

Augenzahl 1, 3, 5 oder 6.
Lies weiter bei 94

77

Dein Blick fällt auf den *Transceiver*. „Ist vielleicht besser, wenn ich die Frequenzen gleich an Ort und Stelle einlese. Nur für den Fall, dass sie mir unten auflauert“, überlegst du laut. „Mittlerweile traue ich denen alles zu.“

„Okay, gute Idee. Am besten, du schraubst den *Transceiver* auf und versorgst die Platine mit Strom“, erklärt Tec. „Dann erkennst du hoffentlich, aus welcher Richtung Daten empfangen wurden. Das führt uns direkt zum Versteck der Codepirates.“

Zustimmend nickst du und machst dich sofort an die Arbeit.

Lies weiter bei 37

78

Du ziehst zwei schmale Kabel aus deinem Allzweck-Taschenmesser. An jedem Kabelende ist eine Klammer befestigt. Du klemmst sie an die Kontakte der *Transceiver*-Platine, um das Display mit Strom zu versorgen. Und tatsächlich: Der kleine Bildschirm leuchtet auf.

„Wow, es funktioniert noch“, jubelst du. Doch schnell lässt deine Freude nach. „Schade, es leuchtet zu schwach.“

„Kannst du denn gar nichts erkennen?“

„Doch, schon. Irgendwelche Zahlen.“ Du liest sie deinem Freund vor.

Tec ist begeistert. „Super, das sind die Frequenzen! Sie verraten uns das Versteck der Codepirates. Schreib sie auf!“

„Gut.“ Du holst deinen Pocket-PC aus dem Rucksack und notierst die wichtigen Daten.

> Speicher die Empfangsfrequenzen des *Transceivers* „64:12/5:98“ in deinem Pocket-PC!

Du steckst den Pocket-PC weg und sammelst die Einzelteile des *Transceivers* zusammen. Die Polizei wird sich über diesen Beweis freuen. Für dich wird es Zeit, den *Fernsehturm* zu verlassen. Du kannst es kaum erwarten, wieder sicheren Boden unter den Füßen zu spüren.

Doch zu früh gefreut. „Vielleicht solltest du noch ein paar Beweisfotos vom Hotknot schießen“, schlägt Silent vor. „Die Gelegenheit wäre günstig.“

„Also gut“, sagst du mit einem Seufzen. Du kletterst noch mal zurück und richtest die Minikamera deines *Headsets* auf die Graffitis der Codepirates, die auf die Rückseite der Antennenschüssel gesprüht sind. Silent klickt einige Male mit der Maus und friert ein Bild nach dem anderen ein, um es auf ihrer Festplatte zu speichern. „Danke. Das sind genug Fotos. Du kannst runterkommen.“

„Na, endlich!“ Du hakst dich in Tecs Miniwinde fest, um dich zurück zum Kran ziehen zu lassen. Ein Knopfdruck und sanft schwebst du aufwärts. Du entriegelst die Luke, kletterst die Leiter im Antennenträger runter und schleichst dich zurück zur Aussichtsplattform. Der Besucheraufzug bringt dich schließlich nach unten zum Ausgang. Alles läuft wie am Schnürchen. Von Codepirates gibt es weit und breit keine Spur. Ohne weitere Zwischenfälle erreichst du die U-Bahn-Station.

„Mann, das hast du echt super gemacht.“ Tecs Stimme klingt ziemlich beeindruckt. „Wenn ich ehrlich bin“, beichtet er dir, „hätte ich es nicht gepackt, da oben so locker rumzuklettern.“

Du machst eine wegwerfende Handbewegung und lachst. „War halb so schlimm. Wenigstens hab ich ein bisschen Frühlingssonne abgekriegt."

„Ja, heute ist es richtig schön warm", stimmt Silent dir zu. „Sagt mal, habt ihr auch so Lust auf Eis? Immerhin haben wir einen Grund zum Feiern."

„Oh ja!" Du strahlst. Ein Eis ist jetzt genau das Richtige. „Ich bin dabei."

„Gut, komm zum *Eispalast*. Wir warten da auf dich."

26. MAI 2017, 16:22 Uhr, POTSDAMER PLATZ – IN EINER EISDIELE

Es dauert nicht lange und dein Eisbecher ist leer. Mit leisem Bedauern kratzt du die letzten Reste geschmolzener Eiscreme, Sahne und Schokosoße zusammen. Dann lehnst du dich zurück. „Ich platz gleich", stöhnst du. „Und trotzdem würde ich am liebsten noch eine Runde bestellen."

„Lieber nicht", ächzt Silent. „Sonst müssen wir nach Hause rollen."

Deine Gedanken kehren zurück zu eurem Fall. „Und was machen wir jetzt mit den Frequenzen?"

Tec schlürft geräuschvoll seinen Eiskaffee leer. „Ich würde sagen, dass wir sie an die Polizei weiterleiten. Die können sich selbst um ihre Codepirates kümmern. Den zweiten Namen kriegen sie kostenlos obendrauf. Wir haben das Wichtigste erledigt und den *Transceiver* abmontiert. Endlich ist Schluss mit den blöden Unterbrechungen, Berlin wird uns dankbar sein."

„Können die Codepirates sich nicht einfach einen anderen Platz dafür aussuchen?", wendest du ein.

Tec schüttelt mit dem Kopf. „Das wird schwer sein. Der *Fernsehturm* war der ideale Ort dafür. Und der wird von nun an sicher strenger überwacht werden."

Du zerknüllst deine Serviette und stehst auf. „Gut, dann kann ich jetzt ja abhauen. Ich bin echt ganz schön erledigt. Muss mich mal 'ne Runde hinlegen."

Silent zeigt zum *Kollhoff-Tower*. „Wir müssen noch mal hoch, unsere Sachen holen", sagt Silent. „Deine Rollerblades liegen übrigens auch noch oben."

Du fasst dir an die Stirn. „Ach, ja. Na gut. Ich komme mit."

26. MAI 2017, 16:51 Uhr, KOLLHOFF-TOWER

Mit heruntergeklappten Kinnladen steht ihr in eurem Versteck und traut euren Augen nicht. Ein knallgelbes Graffiti leuchtet an der Wand: *Codepirates wuz here!* Überall auf dem Boden verstreut liegen eure Notizen. Selbst eure Notebooks wurden heruntergeworfen und sämtliche Stecker rausgerissen.

Silent und Tec stürzen sich gleich auf die Computer, um nachzusehen, ob sie noch funktionieren. Sie atmen auf. Zum Glück haben die Rechner allesamt extrastabile Gehäuse. Auch die bruchsicheren Bildschirme haben den Sturz überlebt.

Fassungslos seht ihr euch an. „Sie haben tatsächlich unser Geheimversteck gefunden. Und uns eine Warnung dagelassen“, murmelt Silent. „Wie haben sie uns bloß ausfindig gemacht?“

Du musst schlucken. War vielleicht doch etwas in deiner Jacke, was euch verraten hat?

Nachdenklich kratzt sich Tec am Kopf. Dann sagt er: „Vielleicht hat Dogmaster dich ja auch absichtlich entkommen lassen und ist dir dann gefolgt. Sein Hund hat schließlich durch deine Jacke deine Fährte aufnehmen können.“

Auf einmal wird Silent unruhig. Aufgeregt wühlt sie zwischen herumliegenden Zetteln und flucht: „Verdammt! Wo ist mein Pocket-PC?“ Ihr Gesicht wird bleich. „Ich glaub es nicht! Die Schweine haben meinen Pocket-PC geklaut!“

Sie guckt in jeden Winkel des kleinen Raums. Doch das Gerät bleibt verschwunden. Wütend baut sie sich vor dir auf und streckt eine Hand aus. „Zeig mir die Frequenzen. Ich will auf der Stelle wissen, wo sich die Codepirates verstecken. Ich will meinen Pocket-PC wiederhaben. Es sind jede Menge Videonotizen darauf gespeichert. Außerdem ist mein ganzes Tagebuch drauf, Adressen, E-Mails ... Wenn die Codepirates diese Daten verwerten, ist der LAN-Clan erledigt!“

Tec zögert nicht lange. Er lässt sein Notebook hochfahren.

Auch du machst sofort deinen Pocket-PC an, wo du die Sendefrequenzen aus dem *Transceiver* notiert hast.

Dann ist Tec soweit. Er öffnet einen eigenartigen Stadtplan. Er ist in ein gleichmäßiges Raster geteilt. In jedem Feld steht eine Frequenz. Tec zeigt auf seinen Monitor. „Mit diesem Plan können wir das Versteck der Codepirates ermitteln. Dazu brauchen wir bloß noch die Frequenzen aus

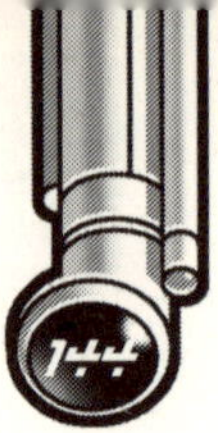

dem *Transceiver*. Willst du das machen? Du hast dir diese Informationen ja hart erkämpft ..." Tec schiebt sein Notebook zu dir herüber.

Lies weiter bei 27

79

Du zögerst keine Sekunde. Im Nu ist dein Werkzeug im Rucksack verstaut. Dann holst du tief Luft, schlüpfst aus dem Gebüsch und rennst los.

Lies weiter bei 65

80

„Ich dachte einen Moment lang, da ist was, aber ich glaube, das ist doch nur ein normales Tapetenmuster", meinst du. „Seht ihr was?"

„He!", ruft Tec. „Ich sehe es! Probier's noch mal selbst aus. Du musst die Augen geradeaus auf die Tapete richten, als ob du durch sie hindurchsiehst, auf irgendeinen Punkt, der weit hinter der Tapete in der Ferne liegt. Beinahe, als ob du schielst. Du blickst mit den Augen stur geradeaus und stellst sie aber dabei unscharf. Mit etwas Übung müsstest du eine Zahl erkennen."

Du nickst. Doch ob dir die komplizierte Anleitung wirklich hilft? Du probierst es am besten gleich noch einmal aus.

Du versuchst noch einmal, eine Zahl im Tapetenmuster zu erkennen.
Lies weiter bei 63

Du kannst einfach keine Zahl im Tapetenmuster erkennen.
Lies weiter bei 33

81

In der Fahrstuhlkabine des Technikeraufzugs befindet sich ein Tastenfeld.
Sieh in deinen Pocket-PC!
Hast du einen Code mit der Bezeichnung „Aufzug" gespeichert? Dahinter verbirgt sich ein Zahlencode, mit dem dich der Aufzug in den Technik-Bereich des *Fernsehturms* bringt. Denk dran: Nicht jeder Strich ist ein Bindestrich!

Das Ergebnis der Rechenaufgabe führt dich zum nächsten Textabschnitt.

Du brauchst dringend Hilfe.
Silent muss helfen.
Lies weiter bei 29

82

Schnell saust du nach unten. Du darfst jetzt keine Zeit vergeuden. DJ One ist so unglaublich schnell und leichtfüßig. Wenn du ihm nicht dicht auf der

Spur bleibst, werdet ihr Silents wertvollen Pocket-PC nie wiedersehen. Und dann ist es aus mit dem LAN-Clan!

Ein Wegweiser an der Treppe gibt dir den entscheidenden Tipp: Auf der unteren Etage gibt es einen zweiten Ausgang. Bestimmt hat der Codepirate auf diesem Weg die Passage gleich wieder verlassen.

Plötzlich lässt Silent einen lauten Fluch über *TeamSpeak* los. Im Hintergrund hörst du aufgeregtes Gemurmel. „Was ist los?", fragst du besorgt. Silent gibt dir keine Antwort. Mit einem flauen Gefühl im Magen rennst du raus auf die Straße.

Dort steht eine aufgebrachte Menschenmenge und redet ungehalten auf Silent ein. Du drängst dich nach vorne. Ein Junge mit seinem Fahrrad liegt am Boden. Weiter oben in der Straße siehst du den Codepirate laufen. Du wirfst Silent einen fragenden Blick zu.

„Schau nicht so", sagt sie. „*Ich* war das doch nicht. DJ One hat ihn umgerannt. Worauf wartest du? Los, lauf ihm nach!"

Du atmest tief durch, dann sprintest du dem Codepirate hinterher. „Ich glaube, er will zur Brücke", keuchst du. „Ich bleib ihm auf den Fersen."

„Okay“, sagt Silent. „Ich hab die Sache hier gleich geklärt. Dann komme ich nach.“

Lies weiter bei **101**

83

Du öffnest die Toilettentür, flüchtest dich in eine leere Kabine und schließt ab. Es scheint niemand sonst hier zu sein. Eine gute Gelegenheit, mit deinen Freunden Kontakt aufzunehmen. „Mann, Leute, ich glaube, ich bin hier falsch. Sieht nicht so aus, als ob es da draußen irgendwo zum Wartungsraum geht.“

„Aber es muss einen Weg geben“, antwortet Tec mit Nachdruck.

Du seufzt. „Na gut, ich sehe mich noch mal um.“

Also verlässt du die Toilettenkabine wieder und schleichst dich leise zur Tür. Draußen bleibt es ruhig. Vorsichtig setzt du einen Fuß in den Gang. Doch im selben Moment geht die Tür zum Mitarbeiterraum hinter dir auf. Starr vor Schreck bleibst du stehen.

„Kann ich helfen?“, fragt dich eine verdutzte

junge Frau. Zögernd drehst du dich zu ihr. Sie ist nicht allein. Ein Mann steht neben ihr – ein kräftiger Mann. Du ringst dir ein Lächeln ab und stotterst: „Äh … Das Klo … Ich musste dringend …“

Ihr Blick verrät, dass sie dir kein Wort glaubt. Mit hochgezogenen Augenbrauen erwidert sie: „Das ist eine Mitarbeitertoilette. Da haben Besucher nichts …!“

„Los!“, ruft Silent plötzlich. „Übergib dich!“

Soll das ein Scherz sein? Doch dann verstehst du. Mit weit aufgerissenen Augen presst du eine Hand vor deinen Mund, machst auf dem Absatz kehrt und hastest zurück in die Toilette. Dort lässt der heftige Würgereiz wie durch ein Wunder schnell wieder nach. Die beiden Angestellten kommen dir hinterhergestürmt.

Mit tränenden Augen stammelst du: „Entschuldigung, aber mir ist auf einmal so schlecht geworden …“

Deine oscarreife Darbietung scheint zu überzeugen. Freundlich legt die Frau nun einen Arm über deine Schulter und begleitet dich mit sanftem Nachdruck raus zur Aussichtsplattform. „Da vorne ist die Besuchertoilette“, erklärt sie. „Vielleicht solltest du aber lieber runterfahren. Dann legt sich der Schwindel schnell wieder.“

Du nickst zustimmend und machst dich davon. Doch du spürst, dass die junge Frau dich nicht aus den Augen lässt. Warum verschwindet sie nicht? Hat sie deinen Trick durchschaut?

Lies weiter bei **88**

84

Tec schmunzelt. „Hm, sieht ziemlich tricky aus."

„Und hast du irgendeinen Tipp?", drängst du.

„Na ja", murmelt er. „Auf jeden Fall drückt eine große Kerbe im Schlüssel den entsprechenden Zylinder im Schloss längst nicht so weit hinunter wie eine kleine Kerbe. Das heißt, ..."

Du fällst deinem Freund ins Wort: „... die Kerben des gesuchten Schlüssels müssen flach sein, dann tief, ..."

Tec freut sich. „Und so weiter, genau! Damit bringst du die weißen Striche auf den vier Zylindern im Schloss alle auf die gleiche Höhe."

„Danke, Tec. Gib mir eine Minute, dann hab ich das Schloss geknackt."

Lies weiter bei **52**

85

Mit der Schere deines Schweizer Taschenmessers zerstörst du die dritte und somit letzte Stromzufuhr. Du hast den Nothalt außer Kraft gesetzt. Der Aufzug ruckelt.

„Yes!“ Du strahlst. „Mensch siegt über Technik.“

Gemächlich setzt der Fahrstuhl seine Fahrt fort.

„Gut gemacht, dann kann's ja weitergehen“, sagt Tec.

Du packst das Messer wieder weg und fixierst ungeduldig das Zifferndisplay, das nervtötend langsam runterzählt. „Komm schon, beeil dich“, beschwörst du den Aufzug.

„Dogmaster braucht bestimmt noch eine Weile, um den Schacht wieder hochzuklettern“, beruhigt dich Silent. „Du hast gute Chancen, ihm zu entkommen.“

Dich aber plagt ein anderes Problem: Dogmasters Schäferhund wartet bestimmt schon auf dich. Eine gefühlte halbe Ewigkeit später erreicht der Fahrstuhl das Erdgeschoss. Die Schiebetür gibt den Weg frei. Aber von dem Tier ist weit und breit nichts zu sehen.

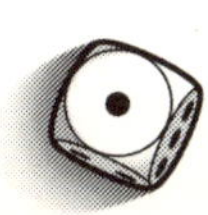

Glück gehabt!
„Nichts wie raus hier“, rufst du und joggst los.

Blätter die Buchecken wie bei einem Daumenkino durch und stoppe an einer beliebigen Stelle. Die Augenzahl entscheidet, bei welchem Textabschnitt das Abenteuer weitergeht.

Augenzahl 1 oder 6.
Lies weiter bei 22

Augenzahl 2, 3, 4 oder 5.
Lies weiter bei 30

86

Doch dein Weg endet viel zu früh. Denn nach wenigen Schritten versperrt dir plötzlich eine Stahltür den Weg. Sie hat nirgendwo einen Griff oder einen Riegel.

„Wahrscheinlich kann man sie nur von der anderen Seite öffnen“, vermutet Tec.

Verärgert trittst du dagegen. „So nah und doch so fern“, grummelst du wütend. „Man kommt also nur über den Technikeraufzug in den Wartungsraum."

Silent bleibt ganz ruhig. Geduldig sagt sie: „Dann nimmst du eben den Technikeraufzug.", und du machst seufzend kehrt.

Du gehst den ganzen Weg zurück zur Aussichtskugel und fährst wieder nach unten.

Lies weiter bei **87**

87

Du bist ziemlich aufgeregt, als du am Technikeraufzug stehst, und sich die schwere Stahltür zur Seite bewegt. Auf keinen Fall darfst du nun einem der Techniker begegnen. Keine Ausrede der Welt würde glaubhaft erklären, was du hier drinnen verloren hast.

Schnell betrittst du die Kabine. Und dir wird ganz heiß. „Oh, nein!", stöhnst du. Denn der Aufzug lässt sich nur mit einem Zahlencode in Gang bringen.

Lies weiter bei **81**

88

Schnell suchst du die Besuchertoilette auf.

Dort vergewisserst du dich, dass alle Kabinen frei sind. Dann drehst du den Wasserhahn auf. Von draußen hört man nun nur ein Wasserrauschen. Jetzt kannst du mit deinen Freunden besprechen, wie du weiter vorgehen sollst.

„Leute, ich weiß nicht“, teilst du ihnen mit. „Das ist mir viel zu gefährlich hier oben. Ich sollte vielleicht doch den Technikeraufzug nehmen.“

„Meinst du?“ Silent ist skeptisch.

„Ich glaube schon. Ich fühl mich einfach besser, wenn nicht so viele Leute um mich herumschwirren. Dann kann ich viel besser arbeiten.“

Tec ist einverstanden. „Meinetwegen. Wir drücken dir die Daumen.“

„Danke.“ Du drehst den Wasserhahn wieder zu und verlässt die Toilette.

Niemand beachtet dich. Sehr gut. Du stellst dich zur Menschentraube vor dem Aufzug, fährst mit dem nächsten Schwung abwärts und begibst dich direkt zum Technikeraufzug.

Lies weiter bei **87**

89

An der Wand sind zwei Lämpchen angebracht. Ein leuchtendes rotes Lämpchen bedeutet, dass der Zugang zum Antennenträger gesichert ist und dass man ihn nicht mit dem Hebel an der Tür öffnen kann. Ein leuchtendes grünes Lämpchen zeigt an, dass die Tür entsichert ist und sich öffnen lässt.

Sieh in deinen Pocket-PC!

Wenn die Tür zum Antennenträger entriegelt ist, leuchtet das grüne Lämpchen und hinter dem Lämpchen schimmert eine Zahl. Es ist die gleiche Zahl, die hinter dem Buchstabenkürzel „AT“ steht. Sie führt dich zum nächsten Textabschnitt.

Wenn du keine Zahl mit dem Kürzel „AT“ in deinem Pocket-PC gespeichert hast, lies weiter bei **100**

90

Sieh dir die Nothalt-Platine genau an. Um den Nothalt zu unterbrechen, musst du alle Leitungen durchtrennen, die ihn mit Strom versorgen. Dabei musst du aber sehr vorsichtig vorgehen, denn die Stromzufuhr zu den LED-Lämpchen, symbolisiert mit einem „X“, darf auf keinen Fall zerstört werden. Sonst gibt der Fahrstuhl komplett den Geist auf.

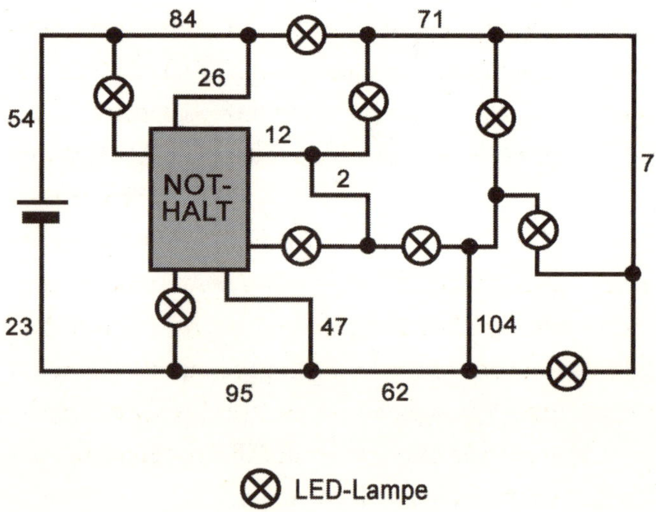

Addiere die Zahlen, die neben den zu durchtrennenden Leitungen stehen. Das Ergebnis führt dich zum nächsten Textabschnitt.

Du brauchst dringend Hilfe; dies ist ein Fall für Tec.
Lies weiter bei **7**

91

Du spürst, wie deine Kondition zunehmend schwindet. Doch du wirst durchhalten. Immerhin geht es hier nicht um dich. Auch nicht allein um Silents Pocket-PC. Es geht um eure Identität.

Auf dem Pocket-PC sind nicht nur Silents Privatangelegenheiten gespeichert. Auch Informationen über eure bisherigen Fälle und sogar geheime Telefonnummern: die von der Bundespolizei und die des Bürgermeisters! Silents private Daten lassen außerdem darauf schließen, dass sie noch längst nicht erwachsen ist. Sollte das Gerät in die falschen Hände geraten, fliegt die geheime Identität des LAN-Clans auf!

Wo ist DJ One hin? Ob du am Ende in die falsche Richtung läufst? Gerade willst du in eine Nebenstraße einschlagen, als du im Augenwinkel eine Bewegung wahrnimmst. Du fährst herum und legst einen Zahn zu. Da hinten läuft er.

Lies weiter bei **101**

92

Kaum hast du die letzte Ziffer eingegeben, springt die schwere Stahltür einen Spalt auf. Vorsichtig betrittst du den finsteren Wartungsraum. Die Lüftung rauscht. Es ist spürbar kühl, damit die teuren Messgeräte nicht überhitzen. Überall leuchten digitale Anzeigen, blinken Lämpchen und auf winzigen Kontrollbildschirmen flimmern stumme Fernsehbilder.

„Und wie erkenne ich jetzt diesen *Transceiver*?“, fragst du ungeduldig.

„Ist ein kleiner Kasten. Kaum größer als ein Stück Butter“, antwortet Tec.

Schnell hast du den übersichtlichen Raum inspiziert – einen *Transceiver* findest du jedoch nicht.

Silent seufzt mitleidig. „Das habe ich befürchtet. So leichtsinnig sind die Codepirates nicht. Die Techniker würden den *Transceiver* im Wartungsraum sofort entdecken. Ich glaube, du solltest dich mal auf dem Antennenträger umsehen. Allerdings musst du dazu erst die Sicherheitstür entriegeln. Schau dich hier drinnen mal um."

Du hörst auf Silent und hältst nach irgendeinem Schalter Ausschau, der die Sicherheitstür draußen deaktiviert. Und tatsächlich, zwischen den Monitoren entdeckst du ein Gerät mit der Aufschrift „Sicherheitstür". Auf der Oberseite des kleinen flachen Kästchens sind fünfundzwanzig Leuchttasten, von denen nur etwa die Hälfte hell aufleuchtet, die anderen sind schwarz.

Lies weiter bei **71**

93

Du findest dich in einem ziemlich schmutzigen Hausflur wieder. Die Wände sind bis zur Decke mit Graffitis beschmiert. Eine Holztreppe führt nach oben, vermutlich zu DJ Ones Privatwohnung. Dann gibt es eine Tür zum Graffiti-Laden und eine Toilette.

160

Vorsichtig setzt du einen Fuß auf die erste Stufe der Treppe. Sie ächzt bedenklich. Du hast es befürchtet. Aber daran kannst du nun auch nichts ändern. Du steigst nah am Geländer hoch, da knarren alte Holzstufen am wenigsten.

Zum Glück hämmern die Bässe krachend laut aus dem Laden, sehr unwahrscheinlich, dass dich jemand hört.

Im Nu stehst du vor der Wohnungstür. „Nicht schon wieder“, stöhnst du. Die nächste Hürde wartet auf dich: DJ One hat den Zugang zu seiner Wohnung mit einem Codeschloss gesichert. Ein aufwändiges System. Das Display zeigt nämlich drei Quadrate. Und jedes der Quadrate ist in vier unterschiedlich gefärbte Dreiecke eingeteilt. Diese Muster kommen dir irgendwie bekannt vor. Na klar, sie waren auf der Codekarte in Dogmasters Wohnung! Du hast sie eingesteckt.

Sofort kramst du die Karte raus. Damit wird es dir gelingen, die Tür zu öffnen.

Lies weiter bei 9

94

Während du die Auslagen erkundest, lässt du DJ One keine Sekunde aus den Augen. Hoffentlich verlässt er bald mal die Verkaufstheke. Dann könntest du unbemerkt durch die Tür schleichen. Aber er sitzt wie festgewachsen da, den Kopf auf die Arme gestützt und liest seine Zeitschrift. Gelegentlich sieht er zu seinen Kunden, die durch den Laden streifen.

Blätter die Buchecken wie bei einem Daumenkino durch und stoppe an einer beliebigen Stelle. Die Augenzahl entscheidet, bei welchem Textabschnitt das Abenteuer weitergeht.

Augenzahl 1 oder 6.
Lies weiter bei **67**

Augenzahl 2, 3, 4 oder 5.
Lies weiter bei **21**

95

Endlich erreicht die U-Bahn das Fahrtziel. Nur wenige andere Fahrgäste steigen an dieser Haltestelle mit dir aus. Du bist sehr angespannt, deine Hände sind vor Aufregung ganz kalt. Immerhin erwartet dich eine nicht alltägliche Mission: der Einbruch in eine fremde Wohnung.

Du verlässt die U-Bahn-Station und befindest dich auf einer ruhigen Straße, die von einer Reihe kleiner Läden gesäumt wird. Die warme Frühlingssonne knallt auf dich herunter. Du ziehst die Jacke aus und schlenderst die Straße entlang. Alles wirkt so friedlich. Deine Nervosität verschwindet und auch deine Wut auf die Codepirates verdampft ein wenig.

Auf dem Weg kommst du an einer Bäckerei mit einem Straßenverkauf vorbei. Die Auslagen sehen wirklich köstlich aus. Sollst du dir eine kleine Stärkung für später mitnehmen? Du gräbst in der Hosentasche und suchst etwas Kleingeld zusammen.

Doch dann zögerst du. Vier Leute stehen in der Schlange vor dir, es wird ein paar Minuten dauern, bis du bedient wirst. Solltest du nicht lieber so schnell wie möglich deinen Auftrag durchziehen? Nachdenklich wiegst du die Münzen in der Hand.

Du kannst der Verlockung nicht widerstehen und nimmst dir etwas mit.
Lies weiter bei 30

Du gehst lieber weiter.
Lies weiter bei 31

96

„Cool!" Du hast tatsächlich den Code geknackt. Schnell packst du den Türknauf. Ein Dreh nach links und schon stehst du in einer ziemlich unaufgeräumten Bude. Das genaue Gegenteil von Dogmasters durchgestylter Wohnung. Im Flur stehen stapelweise Kartons mit Sprühdosen. Die Wände sind mit Veranstaltungspostern tapeziert. Sie alle zeigen den gleichen Künstler. Sein Name ist, wie sollte es anders sein, DJ One. Offensichtlich bringt er am Wochenende die Tanzclubs der Stadt zum Kochen.

Eilig schaust du dich um. Es gibt eine kleine

Küche, ein Bad und ein Wohnzimmer. Dieses stammt offenbar aus dem vorigen Jahrhundert. Kein Plasma an der Wand und kein Sensor, der automatisch Rollläden herunterfahren lässt, kein akustischer Empfänger, der auf Befehl Türen schließt und Fenster kippt. Bloß eine ausgeleierte Matratze mit zerwühltem Bettzeug liegt in der Ecke, wie auch schon bei Dogmaster. Das einzige Schmuckstück des kargen Raums ist das Regal mit Hunderten von Hip-Hop-CDs. Auf dem Tisch liegen leere Pizzakartons, Zeitschriften und Veranstaltungskalender. Der alte Dielenboden knarzt unter deinen Füßen. Doch das wird im Laden sicher niemand hören. Dumpf wummern die Bässe der Anlage durchs Haus.

Durch einen großen Wandschirm ist ein Teil des Wohnzimmers abgetrennt. Du trittst dahinter. Und deine Augen werden groß. Das liegt aber nicht an der hässlichen Fototapete an der Wand, sondern am Codepirates-Logo, das über die gesamte rechte Wandseite gesprayt ist. Ein knallrotes Herz und der Schriftzug *DJ One luvz Flywheel* zieren das kunstvolle Graffiti.

„Aller guten Dinge sind drei", freust du dich. „Hast du es, Silent?"

„Ja! War klar, dass DJ One auch zu den Codepirates gehört. Jetzt haben wir den Beweis." Silent fotografiert die Zimmerwand und vergleicht den Namen mit der Liste der Berliner Graffiti-Sprayer.

Sieh hinten im Buch unter der Überschrift „Berliner Graffiti-Sprayer" nach. Wenn sich dieser Name in der Liste befindet, kreise die Zahl dahinter ein.

„Seltsam", flüsterst du und siehst in die Runde. „Wo haben sie nur ihre ganzen Geräte versteckt? Hier ist doch weit und breit nichts!" Plötzlich zuckst du zusammen.

Jemand kommt die Treppe hochgelaufen. Wie versteinert stehst du da und starrst zum Flur. Die Wohnungstür geht auf. Schnell huschst du hinter den Wandschirm. Pfeifend läuft jemand durch die Wohnung und lässt sich schließlich auf die Matratze fallen. Papier raschelt. Er blättert summend in einer Zeitschrift. Du schüttelst ärgerlich den Kopf. Muss der ausgerechnet jetzt seine Lesestunde haben?

In dem Moment ertönt ein seltsames Fiepen direkt hinter dir. Du drehst dich um und lässt vor Überraschung beinahe einen Schrei los. Eine Ratte kommt hinter dem Vorhang vor und mustert dich aus ihren kleinen Augen.

DJ One verstummt. Er wirft die Zeitschrift auf den Tisch und steht auf. Du hörst, wie er auf dich zukommt. „Komm, meine Süße“, ruft er, „jetzt gibt’s was Feines.“

Du hältst die Luft an und schließt einen Moment die Augen. Als du sie wieder öffnest, ist die Ratte bereits zu DJ One gehuscht und klettert auf seiner Schulter herum. Er hat dich nicht bemerkt. Kaum drei Meter von dir entfernt, hat er dir den Rücken zugewandt und schmust mit seinem Tier. „Na, du hast sicher Hunger“, flüstert der Sprayer liebevoll. „Und ich hab was Gutes für dich.“

Mit diesen Worten verlässt er das Zimmer. Geschirrklappern lässt dich vermuten, dass er seinem Haustier in der Küche Abendessen serviert. Kurz darauf folgen hektische Schritte. Dann fällt die Wohnungstür ins Schloss. DJ One hat die Wohnung verlassen. Erleichtert atmest du durch.

Auf einmal murmelt Silent: „Eigenartige Tapete, nicht wahr?“

Du siehst sie dir an. „Was meinst du?“, fragst du.

„Wer hängt sich freiwillig so ein hässliches Bild auf? In Schwarz-weiß auch noch.“

Im selben Moment kommt die zahme Ratte um die Ecke gehuscht und beschnuppert dich. Du hast keine große Lust, mit ihr zu kuscheln. Das soll mal lieber DJ One erledigen.

Silent ist immer noch mit der Tapete beschäftigt. „Guck mal. Überall hat DJ One was gegen die Wände gelehnt. Nur nicht gegen diese komische Fototapete."

Das stimmt. „Und was willst du uns damit sagen?", fragt Tec.

„Ich weiß nicht recht, wieso, aber ich habe das Gefühl, diese Tapete liefert die Antwort auf unsere Fragen", fährt sie fort. „Ich kann über die Kamera nur leider nicht viel sehen. Schau du sie dir doch bitte noch mal genau an. Vielleicht siehst du was."

Langsam wirst auch du neugierig. Du stellst dich vor die Wand und betrachtest die Tapete. „Ich … ich glaube, ich sehe was", rufst du überrascht. „Eine 3-D-Tapete!"

Lies weiter bei 63

97

Du reißt die Tür zum Mitarbeiterraum auf und schließt sie leise hinter dir. Dann siehst du dich um. Bis auf die Spinde an den Wänden, ein Holztisch und ein paar gepolsterte Küchenstühle ist der Raum leer. Auf dem Tisch stehen benutzte Becher. In der Kaffeemaschine gurgelt der Kaffee.

„Schwein gehabt", sagt Tec.

„Was meinst du?", hakst du nach.

„Na, was wohl? Da hätten Leute drinsitzen können!" Tecs Stimme klingt ziemlich nervös.

„Hups!" Dein Herz rutscht dir in die Hose. „Darüber hab ich gar nicht nachgedacht", flüsterst du erschrocken.

„Du solltest da abhauen", raten dir deine Freunde. „Ist wirklich kein gutes Versteck."

„Okay." Vorsichtig ziehst du die Tür einen Spalt auf. Ein Barmann spaziert pfeifend auf dich zu, den Blick auf einen Zettel in seiner Hand gerichtet. Schnell landet die Tür wieder im Schloss.

„Mist!", fluchst du. „Da kommt jemand."

„Los, in einen Spind", ruft Silent.

An einem der Schränke hinter dir steht die Tür offen. Er ist leer und du springst hinein. Kaum schließt du dir Tür hinter dir, geht die andere auch schon auf.

Mit weichen Knien stehst du in der Kabine und beobachtest durch die schmalen Lüftungsritzen den Barmann. Er nimmt die Glaskanne von der Kaffeemaschine und gießt sich eine Tasse ein. Dann setzt er sich an den Tisch und liest den Zettel weiter durch. Ab und zu nippt er an seinem Kaffee.

Und während er seine wohlverdiente Pause genießt, versuchst du die Nerven zu bewahren. Du lehnst dich an die hintere Wand an – und dabei stößt du versehentlich gegen einen Besenstiel. Polternd kippt er zur Seite.

Der Mann starrt verwundert in deine Richtung. Er stellt die Tasse ab und geht um den Tisch herum. Er hat die Schranktür schon in der Hand, als eine junge Frau hereinstolpert. Genervt ruft sie: „Soll ich die Leute allein bedienen?“

„Bin ja schon da“, grummelt er und marschiert kopfschüttelnd davon. Beide verlassen den Aufenthaltsraum.

„Puh.“ Du atmest auf. „Das war knapp! Bloß raus hier.“

Einen Augenblick lauschst du. Draußen ist alles still.

Also schleichst du dich zur Aussichtsplattform zurück. Niemand sieht, wie du den Personalbereich verlässt.

Lies weiter bei **88**

98

Du siehst den Kran auf dem Antennenträger des *Berliner Fernsehturms*. Um den Haken auf Höhe des Hotknots zu bringen, musst du das Seil des Krans auf eine ganz bestimmte Länge herunterlassen.
Welche der zehn Seillängen passt exakt zwischen die Spitze des Kranauslegers und dem Hotknot (gestrichelte Linie)?

Wenn du von der Zahl der passenden Seillänge 48 subtrahierst, führt dich das Ergebnis zum nächsten Textabschnitt.

Du brauchst dringend Hilfe. Tec muss helfen.
Lies weiter bei **43**

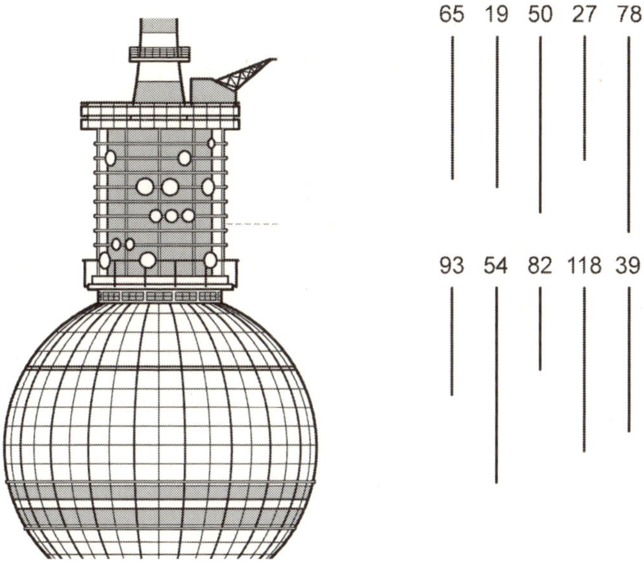

99

Gespannt drückst du die letzte schwarze Taste – und die verbleibenden Lichter gehen aus. Dir entfährt ein kleiner Triumphschrei. Sogar durch die dicke Stahltür kannst du das Zischen hören, das die Sicherheitstür zum Antennenträger entriegelt. Der erste Schritt ist geschafft.

Speicher „AT62“ in deinem Pocket-PC!

Doch der schwierigste Part kommt erst noch. Du musst in schwindelerregende Höhe klettern, um beim Hotknot nach dem *Transceiver* zu suchen. Hoffentlich findest du ihn dann auch dort oben. Du knipst das Licht aus und machst dich auf den Weg zur Sicherheitstür.

Lies weiter bei **89**

100

Obwohl das rote Lämpchen leuchtet, versuchst du, den Hebel an der Tür umzulegen. Doch wie sehr du dich auch dagegen stemmst, er rührt sich keinen Millimeter von der Stelle.

„Spar dir das“, lacht Tec. „Wetten, dass man das Ding nur elektrisch entriegeln kann? Wenn du Glück hast, findest du im Wartungsraum die Stromzufuhr dafür.“

„Du hast Recht“ erwiderst du. Es stört dich gar nicht, den schwindelerregenden Ausflug zum Antennenträger noch etwas aufzuschieben. Plötzlich bemerkst du, dass der Aufzug wieder nach unten gefahren ist. „Oh nein, bitte nicht“, murmelst du und starrst auf die Leuchtziffern.

Im nächsten Moment läuft es dir kalt über den Rücken. Der Fahrstuhl setzt sich wieder in Bewegung. „Verdammt! Da kommt jemand hoch“, rufst du und stürzt auf den Wartungsraum zu.

Aber auch diese Tür ist mit einem Zahlencode gesichert, den du nicht auf die Schnelle knacken kannst. „Und jetzt?“, fragst du deine Freunde in heller Panik.

„Los, in die Toilette!“, ruft Silent.

Eine Kehrtwendung, und du bist drin im winzigen Raum, der neben einer trostlosen Kabine nur noch eine karge Waschgelegenheit beherbergt. Das Licht lässt du aus. Die Tür schließt du leise hinter dir zu. Du versteckst dich in der Kabine, schließt sie aber nicht ab. Geräuschlos klappst du den Klodeckel runter und kletterst obendrauf. So sind von außen deine Füße nicht zu sehen.

Dann hörst du Schritte. Eine Tür klappt zu. „Verschwinde“, murmelst du, als wäre es eine Beschwörungsformel. Nervös sitzt du da und wartest. Jede einzelne Sekunde scheint wie eine Ewigkeit. Wieder das Öffnen und Schließen einer Tür.

Und dann reißt jemand mit heftigem Ruck die Toilettentür auf. Du presst beide Lippen aufeinander und hältst die Luft an. Ein Schatten schimmert unter der Kabinenwand durch. Jemand steht reglos in der Tür. Kalter Schweiß rinnt dir von der Stirn. Du bist aufgeflogen. Eindeutig!

Du ringst mit dir. Willst du dich erwischen lassen wie ein Einbrecher? Oder willst du, wenn es hart auf hart kommt, die wahre Identität des LAN-Clans preisgeben, um deine Haut zu retten? Immerhin habt ihr den Bürgermeister im Rücken und die Polizei und außerdem …

Da spricht die Gestalt auf einmal: „Ja, genau." Und dann noch mal. „Ich meld mich. Du auch. Bis später." Das Licht wird eingeschaltet, ein Wasserhahn aufgedreht. Wasser rauscht. Jemand pfeift und trocknet sich die Hände ab. Dann wird es wieder dunkel. Die Tür fällt laut ins Schloss.

Tonnen von Gestein fallen dir vom Herzen. Es dauert einen Augenblick, bis du in der Lage bist, dich zu rühren. Der Schock steckt dir noch in den Gliedern. Langsam stehst du auf und horchst. Der Fahrstuhl fährt runter und es ist wieder ganz still. Erleichtert atmest du auf. Du verlässt dein Versteck und widmest dich der Tür zum Wartungsraum.

Ob wohl jemand im Wartungsraum ist? Du legst dein Ohr gegen die Tür.

Lies weiter bei **28**

101

DJ One läuft auf eine Brücke zu. Will er etwa springen? Nach dem Stunt mit dem Auto traust du dem Typen alles zu. Doch auf einmal steigt eine böse Vorahnung in dir auf, welches Ziel der Codepirate wirklich hat. „Bitte nicht“, flüsterst du. Gleich hat er den U-Bahn-Schacht erreicht. Ganz tief im Tunnel hörst du eine U-Bahn heranrauschen. Sie fährt an dieser Stelle ein kurzes Stück überirdisch, um dann gleich wieder in einem weiteren Tunnel zu verschwinden.

Plötzlich stolpert der Codepirate und fällt zu Boden. Das ist deine Chance. Du legst einen Endspurt hin. Wütend dreht sich DJ One nach dir um, und rappelt sich auf. Doch schon hast du ihn an seinem Kapuzenshirt gepackt und drückst ihn nach unten. Er rollt zur Seite, befreit sich aus deinem Griff und springt hoch. Du machst einen weiteren Satz nach vorn und lässt dich mit Schwung gegen ihn fallen. DJ One verliert das Gleichgewicht und fällt. Ein Gedanke schießt dir durch den Kopf. Hastig fingerst du Tecs Miniwinde aus dem Rucksack und hakst das Stahlseil an seinem Pullover fest.

DJ One löst sich mit einer überraschenden Bewegung aus deiner Umklammerung. Aber er kann dir nicht mehr entkommen. Der Haken der Winde ist an ihm festgeklammert. Du hast ihn an der Leine.

DJ One scheint das egal zu sein. Er klettert über das Geländer und steht nun genau in der Mitte über der Tunnelöffnung. Aus der Tiefe donnert die U-Bahn heran. „Das ist ja wohl nicht dein Ernst“, rufst du, aber er grinst nur verächtlich. „Das ist lebensgefährlich, du Vollidiot“, schreist du entsetzt, aber dem durchgeknallten Codepirate ist das völlig egal.

In diesem Moment rast die U-Bahn aus dem Tunnelloch heraus. DJ One macht sich bereit. „Nein!“, brüllst du. Mit weit aufgerissenen Augen siehst du ihn auf den letzten Waggon springen. Das Stahlseil der Winde, das euch verbindet, spannt sich. Die U-Bahn ist schnell. Du hast keine Wahl. Du musst loslassen, sonst reißt dir der Arm ab. Also lässt du die Winde gehen. Einen Augenblick später sind U-Bahn, Codepirate und Miniwinde im nächsten unterirdischen Schacht verschwunden. Du hörst das Kreischen der Räder, hörst, wie die Winde über die Gleise poltert, siehst noch, wie sich die Winde verkantet und das Stahl-

seil reißt – und dann ist es plötzlich unerträglich leise.

Wie angewurzelt stehst du da und kannst deine Niederlage nicht fassen. Enttäuscht, müde und ausgelaugt stammelst du: „Er ist mir entkommen. Surft gerade auf einer U-Bahn Richtung Stadt."

„Richtung Stadt? Prima", erwidert Silent mit unvermindertem Tatendrang. „Ich bin ganz in der Nähe der nächsten U-Bahn-Station. Ich fang ihn da ab."

Also gibt es noch Hoffnung. Einen Lichtblick. Du mobilisierst deine letzten Kräfte und joggst der U-Bahn hinterher. Über *TeamSpeak* verfolgst du gespannt jeden Schritt deiner Freundin. Mittlerweile hat Silent ihr Ziel erreicht. Du läufst noch schneller. Gleich hast auch du die U-Bahn-Station erreicht. Jetzt kannst du nur noch Silents aufgeregten Atem hören. Es folgt ein Schrei, dann ein Handgemenge.

„Beeil dich!", ruft deine Freundin.

Eilig stürzst du die Treppe hinunter und siehst ein heftiges Gerangel. Um Silent und DJ One scharen sich schaulustige Passanten. Du bahnst dir deinen Weg durch die Menge und eilst Silent zu Hilfe. Mit aller Kraft drehst du dem Codepirate die Hand auf den Rücken. DJ One ist durch die lange Verfolgungsjagd spürbar geschwächt. Gegen euch beide hat er einfach keine Chance und gibt schließlich auf.

Tec hat alles atemlos über *TeamSpeak* mitverfolgt. Ungeduldig fragt er: „Was ist los? Habt ihr ihn?"

Stolz schnaufst du: „Ja, wir haben ihn."

„Und ich hab meinen Pocket-PC wieder", fügt Silent glücklich hinzu.

26. MAI 2017, 18:34 Uhr, KOLLHOFF-TOWER

Hundemüde, aber äußerst zufrieden kehrt ihr zum *Kollhoff-Tower* zurück. Silent setzt sich sofort mit dem Bürgermeister in Verbindung.

> Sieh hinten im Buch unter der Überschrift „Berliner Graffiti-Sprayer" nach. Nun müssten drei Zahlen eingekreist sein. Addiere sie und teile die Summe durch 2. Das Ergebnis führt dich zum letzten Textabschnitt.

102

Du läufst, so schnell du kannst. Schließlich ist Silent deine beste Freundin. Und außerdem hängt vielleicht das Schicksal des LAN-Clans davon ab. Deine Kondition muss einfach mitmachen, egal wie.

Aber was nützt dir all dein Durchhaltevermögen, wenn du in die falsche Richtung läufst? Du erreichst das Ende der Straße und bleibst stehen. Außer einem Möbelwagen mit offenem Laderaum siehst du weit und breit keine Menschenseele. Das Einzige, was dir auf der anderen Straßenseite ins Auge sticht, ist das Graffiti-Logo der Codepirates, das wie an so vielen anderen Stellen in der Stadt auch hier groß und breit an eine Hauswand geschmiert wurde. Keuchend wischst du dir den Schweiß aus dem Gesicht. Mist, das war wohl doch die falsche Richtung.

Plötzlich spürst du, dass sich dir irgendetwas von hinten nähert. Langsam siehst du über deine Schulter. Schon stürzt jemand auf dich zu und versucht, dich zu Fall zu bringen. Du fällst vornüber, kannst dich aber im letzten Moment mit den Händen abstützen. Blitzartig drehst du dich um und siehst eine Gestalt um die Ecke verschwinden. DJ One. Er muss sich die ganze Zeit irgendwo hinter dir versteckt haben. Auf der Stelle rennst du los, um ihn einzuholen.

Lies weiter bei **101**

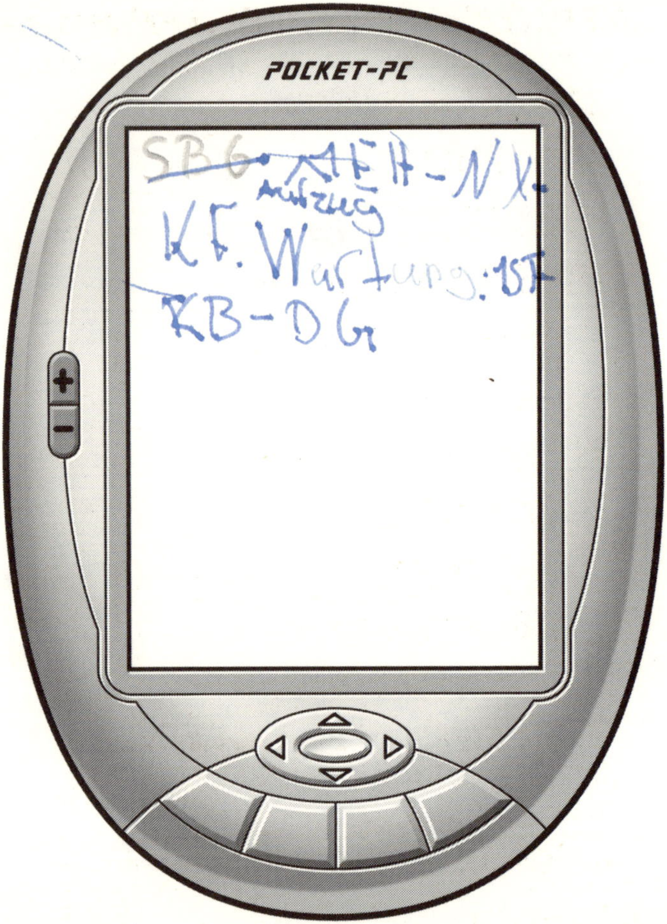

Notiere dir im Pocket-PC alles, was später im Abenteuer wichtig für dich sein könnte: Passwörter, Buchstaben-Zahlen-Kombinationen und Symbole.

BERLINER GRAFFITI-SPRAYER

SHARKCREW	42
DJ ONE	33
SOULCAPTAIN	18
SKALEQUSTA	71
DOGMASTER	51
RASTAGUY	101
BRAVECAMP	5
FLYWHEEL	24
SHAGGY	61
PYKEDYKE	95

SCHRIFT-ALPHABET

A	B	C	D	E	F	G	H	I
A	B	C	D	E	F	G	H	I
J	K	L	M	N	O	P	Q	R
J	K	L	M	N	O	P	Q	R
S	T	U	V	W	X	Y	Z	
S	T	U	V	W	X	Y	Z	

PLAN DES BERLINER FERNSEHTURMS

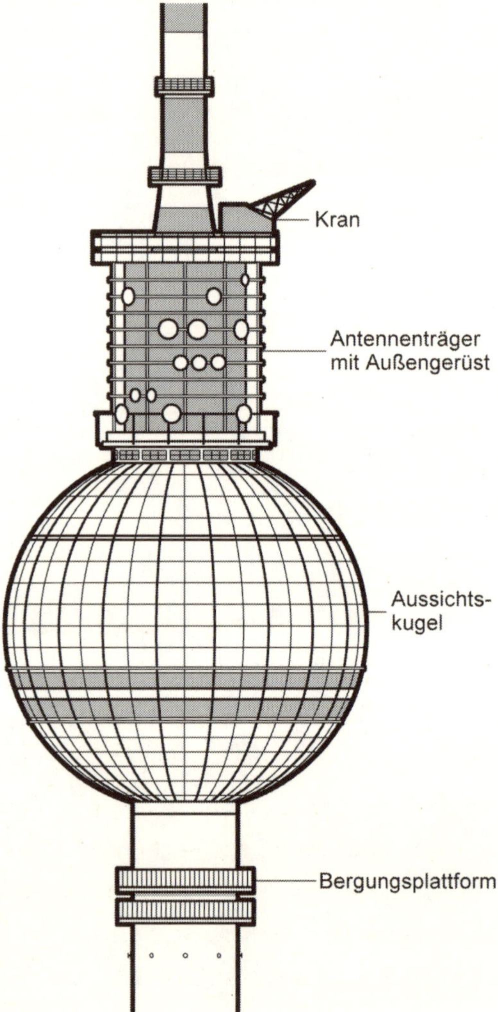

Berliner Fernsehturm
Der Berliner Fernsehturm, auch „Telespargel" genannt, wurde am 3. Oktober 1969 nach dreiundfünfzig Monaten Bauzeit in Betrieb genommen. Er ist dreihundertachtundsechzig Meter hoch, besitzt eine Stahltreppe mit neunhundertsechsundachtzig Stufen sowie zwei Personenaufzüge und einen Technikeraufzug.

Hacken
Hacken ist das unerlaubte Umgehen eines Passworts, um sich Zugriff zu einem geschützten Computer oder geschützten Teilbereich eines Computers zu verschaffen.

Headset
Ein Headset ist eine Kombination aus Kopfhörer und Mikrofon und wird wie ein Hörgerät hinter das Ohr geklemmt. Am Kopfhörer ist zugleich ein Mikrofon befestigt, das ein Stück über die Wange in Richtung Mund weist. Headsets haben sich im Umgang mit Computern oder zum Telefonieren als praktisch erwiesen. So bleiben die Hände beim Sprechen frei, während man ein Auto steuert oder

mit beiden Händen auf der Tastatur tippt. Die Headsets, die der LAN-Clan benutzt, sind zusätzlich mit Minikameras ausgestattet.

Kanne
In der Szene-Sprache der Graffiti-Sprayer bezeichnet man mit Kanne eine Farbsprühdose.

Kollhoff-Tower
Der Kollhoff-Tower ist ein einhundertdrei Meter hohes Gebäude (fünfundzwanzig Etagen) auf dem Potsdamer Platz mit dem schnellsten Fahrstuhl Europas (Geschwindigkeit: 8,5 Meter pro Sekunde). Das Hochhaus wurde 1999 fertiggestellt und nach seinem Architekten Hans Kollhoff benannt.

Observieren
Stammt aus dem Lateinischen und bedeutet „beobachten“. Man observiert verdächtige Personen.

Space
Auch: Webspace. Bezeichnet den Speicherplatz, auf dem Internetseiten bereitliegen, damit über das Internet darauf zugegriffen werden kann.

Tag
Wird englisch ausgesprochen. In der Szene-Sprache der Graffiti-Sprayer die „Unterschrift" des Sprayers, also sein Kürzel, das er überall verbreitet.

TeamSpeak
TeamSpeak ist eine Sprechverbindung, über die sich unterschiedlich viele Teilnehmer (meist über das Internet) miteinander unterhalten können, ohne sich dabei zu sehen. TeamSpeak wird meist in Zusammenhang mit einem *Headset* genutzt.

Transceiver
Elektronisches Bauteil aus der frühen Funktechnik, das elektronische Signale senden und empfangen kann. Transceiver ist die Wortkombination aus Transmitter (Sender) und Receiver (Empfänger).

USB
Ein USB-Anschluss ist eine Schnittstelle am Computer, um externe Geräte wie zum Beispiel Drucker, Scanner oder Digitalkameras anzuschließen.

LAN-Clan im Internet

Willst du mehr über den LAN-Clan wissen, über eure Missionen, über Silent und Tec? Dann sieh auf der LAN-Clan-Internetseite nach.

Unter www.lan-clan.eu erfährst du alles über ihre bisherigen geheimen Aufträge. Und wenn du in diesem LAN-Clan-Abenteuer einen Code entdeckt hast, der mit dem Buchstabenkürzel „LC“ beginnt, gib ihn auf der LAN-Clan-Internetseite ein. Dann kannst du ein weiteres kurzes Abenteuer mit Silent, Tec und den Codepirates online erleben.

Frank Stieper wurde 1961 in Lübeck geboren. Er schrieb zunächst Computer-Fachbücher und gründete dann seine eigene Softwarefirma. Für seine Hightech-Romane wurde er mehrfach ausgezeichnet. Frank Stieper lebt mit seiner Frau und seinen beiden Söhnen in Schneverdingen in der Lüneburger Heide.

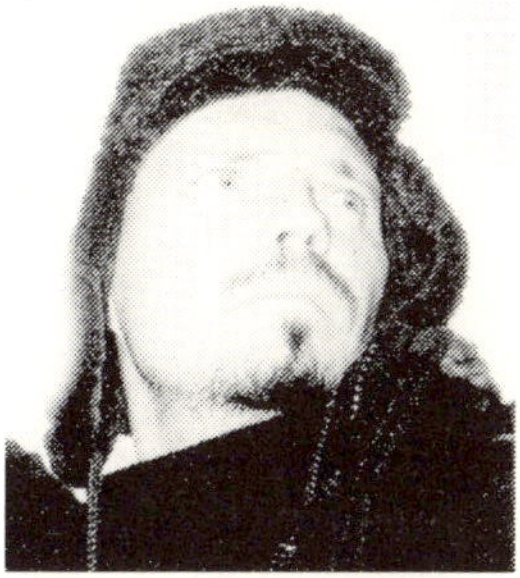

Michael Pleesz wurde 1964 in Wien geboren und schon mit dreizehn Jahren an der Grafischen Bundes-Lehr- und Versuchsanstalt angenommen. Seit 1987 arbeitet er als freier Illustrator. Auch er wurde für seine Arbeiten bereits mehrfach ausgezeichnet. Michael Pleesz lebt in Wien.